Viagens Extraordinárias

Obras Completas de Júlio Verne em 90 volumes

1ª Série

1. A Volta ao Mundo em 80 Dias
2. O Raio Verde
3. Os Náufragos do Ar - A ILHA MISTERIOSA I
4. O Abandonado - A ILHA MISTERIOSA II
5. O Segredo da Ilha - A ILHA MISTERIOSA III
6. A Escuna Perdida - DOIS ANOS DE FÉRIAS I
7. A Ilha Chairman - DOIS ANOS DE FÉRIAS II
8. América do Sul - OS FILHOS DO CAPITÃO GRANT I
9. Austrália Meridional - OS FILHOS DO CAPITÃO GRANT II
10. O Oceano Pacífico - OS FILHOS DO CAPITÃO GRANT III

2ª Série

1. O Correio do Czar - MIGUEL STROGOFF I
2. A Invasão - MIGUEL STROGOFF II
3. Atribulações de um Chinês na China
4. À Procura dos Náufragos - A MULHER DO CAPITÃO BRANIGAN I
5. Deus Dispõe - A MULHER DO CAPITÃO BRANIGAN II
6. De Constantinopla a Scutari - KÉRABAN O CABEÇUDO I
7. O Regresso - KÉRABAN O CABEÇUDO II
8. Os Filhos do Traidor - FAMÍLIA-SEM-NOME I
9. O Padre Joann - FAMÍLIA-SEM-NOME II
10. Clóvis Dardentor

L'ILE MYSTERIEUSE

PAR
Jules VERNE

154 Dessins   par P. FÉRAT

Viagens Extraordinárias

Obras Completas de Júlio Verne em 90 volumes

1ª Série
Vol. 5

Tradução e Revisão

Mariângela M. Queiroz

Villa Rica Editoras Reunidas Ltda

Belo Horizonte
Rua São Geraldo, 53 - Floresta - CEP 30150-070 - Tel.: (31) 212-4600
Fax: (31) 224-5151
http://www.villarica.com.br

Júlio Verne

O SEGREDO DA ILHA
A Ilha Misteriosa III

Desenhos de L. Bennet

VILLA RICA
Belo Horizonte

2001

Direitos de Propriedade Literária adquiridos pela
VILLA RICA EDITORAS REUNIDAS LTDA
Belo Horizonte

Impresso no Brasil
Printed in Brazil

ÍNDICE

Piratas!	9
Ayrton Cumpre seu Dever	20
Planos de Combate	30
Novas Riquezas	42
Quatro Tiros de Canhão!	53
Emboscada	62
No Curral	72
A Recuperação de Harbert	79
Um Farrapo de Pano	83
Malária!	92
A Expedição	100
Mais um Mistério	108
Estranhos Ruídos	118
Novos Planos	128
Fim do Mistério	136
O Capitão Nemo	148
O Último Desejo	158
O Vulcão Desperta	168
A Erupção	179
Conclusão	190

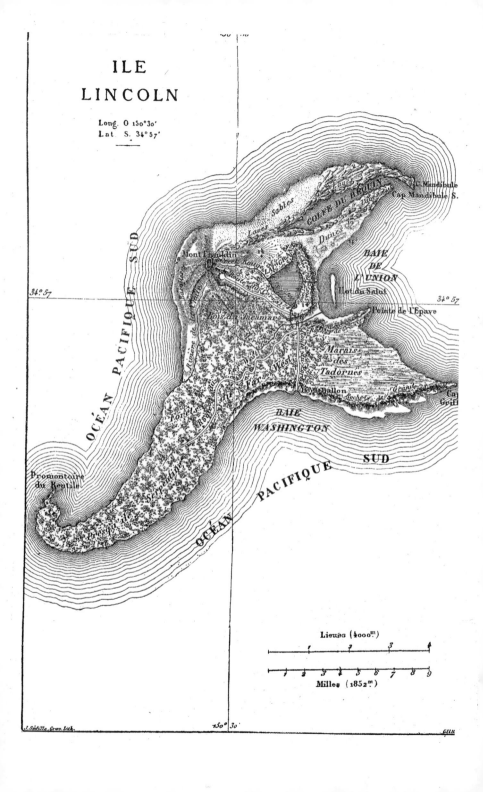

1
PIRATAS!

Faziam já dois anos e meio que os náufragos do balão tinham sido lançados na ilha Lincoln, e desde então estavam incomunicáveis com o resto dos seus semelhantes. Gedeon Spilett tinha tentado comunicar-se com o mundo habitado, mas era uma tentativa da qual eles não esperavam muito resultado. Apenas Ayrton, outro náufrago, tinha se juntado à pequena colônia. E eis que, naquele 17 de outubro, repentinamente, apareciam outros homens naquela ilha, naquele mar sempre deserto.

Não havia dúvidas! Era mesmo um navio! Passaria ao largo ou iria atracar? Em poucas horas os colonos saberiam com o que contar.

Cyrus Smith e Harbert chamaram imediatamente os outros colonos, informando-os do ocorrido. Pencroff, pegando a luneta, percorreu rapidamente o horizonte, parando sobre o ponto indicado.

– Com mil diabos, é realmente um navio! – exclamou ele, não demonstrando grande satisfação.

– Está vindo para cá? – perguntou Spilett.

– Não posso dizer – respondeu Pencroff. – Por enquanto só vejo os mastros, mas não consigo ver o casco.

– O que devemos fazer? – perguntou Harbert.

– Esperar – limitou-se a dizer Cyrus Smith.

Os colonos ficaram silenciosos durante muito tempo, imersos em seus pensamentos, esperanças e receios que tal acontecimento suscitava, o mais importante desde que tinham chegado à ilha Lincoln.

O certo é que os colonos não estavam mais na situação de náufragos abandonados em uma ilhota estéril qualquer, disputando a existência com uma natureza ingrata, e devorados pela ambição de tornar a ver terras habitadas. Pencroff e Nab, sobretudo, sentiam-se ricos e felizes, e não deixariam a ilha sem sentir pena; além disso, estavam acostumados à vida que levavam ali, à vida que a sua inteligência, por assim dizer, tinha civilizado! Enfim, aquele navio traria notícias do continente, era decerto uma porção da pátria que vinha ao encontro deles! Trazia, sem dúvida, alguns dos seus semelhantes, e por isso era fácil compreender a ansiedade que dominava os corações dos colonos ao avistar o navio.

De tempos em tempos Pencroff pegava o binóculo e postava-se à janela, examinando dali o navio, que estava a uma distância de 30 quilômetros a leste. Os colonos não tinham meio de informar-lhe sua presença; à semelhante distância, se içassem uma bandeira, ela não seria vista, assim como nenhuma detonação seria escutada, e uma fogueira passaria desapercebida.

Contudo, era certo que a ilha, dominada pelo monte Franklin, não passaria desapercebida dos vigias do navio. Mas por que razão ele pararia ali? Certamente o acaso o havia empurrado para aquela parte do Pacífico, onde os mapas não mencionam terra alguma, além da ilha Tabor.

Todos faziam esta pergunta, quando Harbert exclamou:

— Será que é o *Duncan*?

Ele se referia ao iate de lorde Glenarvan, que tinha abandonado Ayrton na ilha Tabor, prometendo voltar para buscá-lo um dia. Ora, a ilha Tabor não estava assim tão distante da ilha Lincoln, e se um navio se dirigisse para lá, provavelmente seria avistado na ilha dos náufragos.

— É preciso chamar Ayrton imediatamente! — disse Spilett.
— Só ele saberá dizer se este é ou não o *Duncan*.

Todos concordaram, e o repórter dirigiu-se ao telégrafo, mandando uma mensagem onde convocava Ayrton com urgência. Pouco depois ele recebeu a resposta afirmativa de Ayrton.

Enquanto isso, os colonos continuavam a observar o navio.

– Se for o *Duncan* – disse Harbert, – Ayrton vai reconhecê-lo sem dificuldade.

– E se Ayrton o reconhecer – acrescentou Pencroff, – há de ficar bem comovido!

– Com certeza – respondeu Cyrus Smith. – Ayrton bem merece voltar a bordo do *Duncan,* e queira Deus que seja mesmo o iate de lorde Glenarvan. Qualquer outro navio seria suspeito! Estes mares são mal-freqüentados, e temo sempre a visita de piratas malaios à nossa ilha.

– Nós a defenderíamos! – exclamou Harbert, exaltado.

– Certamente, meu rapaz – respondeu o engenheiro, sorrindo, – mas o melhor é que não precisemos defendê-la.

– Só uma coisa – interrompeu Spilett. – A ilha Lincoln é desconhecida dos navegadores, visto que não consta nos mapas, mesmo nos mais recentes. Você não acha, Cyrus, que um navio que se depare com uma terra nova, procurará visitá-la, ao invés de fugir?

– Com certeza – disse Pencroff.

– Também penso assim – acrescentou o engenheiro. – Sabemos que o dever de um capitão é assinalar, e portanto, vir reconhecer qualquer terra ou ilha que ainda não esteja registrada, e a ilha Lincoln está nesta situação.

– Pois bem – disse Pencroff, – admitindo-se que o navio venha fundear aqui, em qualquer dos nossos ancoradouros, o que vamos fazer?

Esta pergunta, feita assim de repente, não teve resposta a princípio; mas Cyrus Smith, depois de refletir um pouco, respondeu com a calma que lhe era habitual:

11

– Eis aqui o que devemos fazer, meus amigos. Iremos nos comunicar com o navio, e embarcaremos, abandonando a ilha depois da posse em nome dos Estados da União. Mais tarde voltaremos, com todos os que quiserem nos acompanhar, para a colonizar definitivamente, dotando assim a república americana com uma estação muito útil nesta parte do Oceano Pacífico!

– Hurra! Que grande presente daremos ao nosso país! – exclamou Pencroff. – A colonização está quase completa, todas as partes da ilha têm nomes, há um porto natural, estradas, linha telegráfica, estaleiro, uma fábrica; só falta inscrever a ilha Lincoln nos mapas.

– E se a tomarem na nossa ausência? – observou Spilett.

– Com mil diabos! – resmungou o marinheiro. – É mais fácil ficar aqui e aguardar, porque ninguém vai me roubar esta ilha!

Durante uma hora não foi possível decidir se o navio indicado se encaminhava ou não para a ilha Lincoln. Ele se aproximava, mas para que lado navegaria? Pencroff não sabia ainda, mas o vento soprava de nordeste, era de supor que navio navegasse com as amuras a estibordo. Além disso a brisa estava favorável para encaminhá-lo para os ancoradouros da ilha, e com mar tão calmo, não recearia aproximar-se. Perto das quatro horas Ayrton chegou ao Palácio de Granito:

– Estou às suas ordens.

Cyrus Smith estendeu-lhe a mão, como costumava fazer sempre, e levou-o para junto da janela:

– Ayrton, o motivo pelo qual o chamamos é bem sério. Há um navio à vista da ilha!

Ao escutar isso, Ayrton empalideceu ligeiramente, a vista escureceu-lhe por instantes. Depois debruçou-se na janela, perscrutou o horizonte, mas nada viu.

– Pegue a luneta, e repare bem, Ayrton – disse Smith. – Talvez seja o *Duncan* retornando para nos levar de volta à pátria!

— É mesmo um navio — disse Ayrton, — mas não creio que seja o Duncan.

– O *Duncan!* – murmurou Ayrton. – Já!

Esta última palavra foi proferida involuntariamente por Ayrton, abaixando a cabeça. Será que os doze anos que passara, no abandono daquela ilha deserta, não lhe pareciam suficientes? Não se julgaria ainda digno de perdão?

– Não! Não pode ser o *Duncan!* – disse Ayrton.

– Olhe com atenção – tornou o engenheiro. – Precisamos saber com o que devemos contar!

Ayrton pegou a luneta, apontando-a para o horizonte, e observou sem dizer palavra, sem esboçar a menor reação.

– É mesmo um navio – disse depois de um tempo, – mas não creio que seja o *Duncan.*

– E porque você acha que não é o *Duncan?* – perguntou Spilett.

– Porque o *Duncan* é um iate a vapor, e não vejo vestígio de fumaça, nem por cima nem em volta do navio!

– Pode ser que tenham içado as velas, já que o vento é favorável à rota que o navio parece seguir, e como estão longe de um porto conhecido, estejam querendo economizar carvão – disse Pencroff.

– Pode ser que o navio tenha apagado as caldeiras, senhor Pencroff – respondeu Ayrton. – Vamos esperar que ele se aproxime da costa, e então saberemos do que realmente se trata.

Dito isto, Ayrton sentou-se num canto da sala e ali ficou silencioso. Os colonos discutiram por muito tempo acerca do navio desconhecido, mas Ayrton não tomou parte na discussão.

Achavam-se todos num tal estado de espírito, que não podiam continuar o trabalho diário. Spilett e Pencroff andavam de um lado para outro; estavam tão agitados que não conseguiam ficar quietos nem um minuto. Harbert estava dominado pela curiosidade. Somente Nab conservava a tranqüilidade habitual. Sua pátria era onde estivesse o amo! Quanto ao engenheiro, estava absorto em seus pensamentos, e no seu íntimo mais temia do que desejava a chegada do navio.

Entretanto, este tinha se aproximado um pouco da ilha, e dava para se perceber que a embarcação não era um desses paraus malaios, dos quais se servem os piratas do Pacífico, fazendo crer que os receios do engenheiro não tinham fundamento. Depois de minuciosa observação, Pencroff concluiu e Ayrton confirmou, que o navio estava aparelhado como brigue e que caminhava em direção oblíqua à costa com as amuras a estibordo, gáveas, traquetes e velame baixo.

Se o barco continuasse naquela marcha, porém, bem depressa desapareceria por detrás do cume do cabo da Garra, que estava a sudoeste, e para observá-lo seria preciso ir até a baia Washington, o que não seria nada agradável: já eram cinco horas da tarde, e dentro em pouco o crepúsculo tornaria difícil qualquer tipo de observação.

– O que devemos fazer à noite? – perguntou Spilett. – Acenderemos uma fogueira, para indicar nossa presença nesta costa?

Embora isto fosse uma questão grave, e o engenheiro ainda conservasse alguns maus pressentimentos, decidiu-se afirmativamente. O navio podia desaparecer durante a noite, afastar-se para sempre, e depois apareceria outro nas águas da ilha Lincoln? Quem poderia prever o futuro que estava reservado aos colonos?

– Entendo – disse o repórter, – que devemos indicar àquele navio sobre a nossa presença, embora não o conheçamos. Desprezar esta oportunidade pode ser motivo de remorso futuro.

Decidiu-se então que Nab e Pencroff iriam ao Porto Balão, onde acenderiam uma fogueira enorme, cujo clarão atrairia a atenção dos tripulantes do navio.

No momento em que Nab e o marinheiro se preparavam para sair, o navio mudou de rumo, e navegou para a ilha, dirigindo-se à baía da União com tal rapidez que denotava ser um bom veleiro.

Nab e Pencroff então suspenderam a partida e puseram a luneta nas mãos de Ayrton, para que ele tirasse a dúvida se

15

aquele era ou não o Duncan. A questão era saber se aquele navio tinha ou não uma chaminé entre os dois mastros.

Como o horizonte ainda estava claro, a verificação foi fácil, e Ayrton novamente afirmou:

— Não é o Duncan. Eu bem dizia que não podia ser ele!

Pencroff então pegou a luneta, e reconheceu que era um barco de trezentas a quatrocentas toneladas, extraordinariamente esguio, bem mastreado e de admirável construção para andar veloz, mostrando ser um ótimo navegador. Mas o mais difícil era dizer a qual nação pertencia.

— Há uma bandeira içada — disse o marinheiro, — mas não consigo distinguir as cores!

— Dentro em pouco ficaremos descansados a este respeito — respondeu o repórter. — Além disso, é evidente que o capitão do navio pretende fundear aqui. Assim, se não for hoje, amanhã no mais tardar haveremos de entrar em contato com ele!

— Mesmo assim — acrescentou Pencroff, que não largava a luneta, — é sempre bom sabermos com que temos que tratar, e não me importaria de saber as cores que este sujeito usa!

A noite começava a cerrar-se e o vento do mar caía também. A bandeira do brigue, menos estendida, enrolava-se nas driças, tornando mais difícil ainda a sua observação.

— Não é a bandeira americana — dizia Pencroff, de vez em quando, — nem a inglesa, cujo vermelho se veria facilmente, nem as cores alemãs ou francesas, nem a bandeira branca da Rússia, nem a amarela da Espanha... Parece uma cor uniforme... Vejamos... nestes mares... qual será a mais comum? A bandeira do Chile? é tricolor.. brasileira? verde... japonesa? é preta e amarela... enquanto que esta...

Neste momento, o vento desenrolou por completo a bandeira desconhecida. Ayrton agarrou a luneta que o marinheiro tinha posto de lado, olhou para o brigue e exclamou com voz surda:

– O pavilhão negro!

E realmente, a bandeira pirata agora aparecia na sua totalidade, e os colonos, agora com razão, podiam tomar o navio como suspeito.

Eram, pois, justificados os pressentimentos do engenheiro. Seria um navio pirata? Andariam pelos mares do Pacífico fazendo concorrência aos paraus malaios que o infestam? O que buscariam nos ancoradouros da ilha Lincoln? Tomariam a ilha por uma terra desconhecida, ignorada, própria para servir de depósito de cargas roubadas? Estariam eles procurando refúgio ali para os meses de inverno? Estaria a ilha destinada a tornar-se capital da pirataria no Pacífico?

Tudo isto passava pelo pensamento dos colonos, que já não tinham dúvidas sobre o significado daquela bandeira. Era sem dúvida alguma a bandeira pirata!

Não perderam tempo em discussões.

– Meus amigos – disse Smith, – quem sabe se este navio não virá apenas observar o litoral da ilha? Pode ser que a tripulação não desembarque. Mas, seja como for, devemos fazer todo o esforço para não saberem de nossa existência, e isso será fácil, desde que não reconheçam o moinho estabelecido no platô da Vista Grande. Ayrton e Nab irão desarmar-lhe as velas. Trataremos de encobrir com alguns galhos mais espessos as janelas do Palácio de Granito. Apagaremos todas as luzes, para que nada indique a nossa presença nesta ilha.

– E a nossa embarcação? – perguntou Harbert.

– Ora, está abrigada no porto Balão, e desafio aqueles velhacos a descobrirem-na ali! – respondeu Pencroff.

As ordens do engenheiro foram imediatamente executadas. Nab e Ayrton subiram ao platô e tomaram todas as precauções necessárias para disfarçar qualquer indício da sua habitação assim, e enquanto eles faziam isto, os outros colonos foram até o bosque, de onde trouxeram grandes braçadas de ramos e trepadeiras, que deviam dar a impressão de uma ex-

17

traordinária vegetação natural, escondendo assim as aberturas na muralha de granito. Também arrumaram as armas e munições de forma a estarem à mão, no caso de um ataque.

Depois destas precauções, Cyrus Smith disse com voz que revelava grande comoção:

— Meus amigos, se estes bandidos miseráveis quiserem se apoderar da ilha Lincoln, iremos defendê-la, não é?

— Sim, Cyrus — respondeu o repórter, — e se for preciso, morreremos em sua defesa!

O engenheiro estendeu a mão aos companheiros, que a apertaram com efusão. Somente Ayrton tinha ficado em seu canto, não se reunindo aos colonos. Talvez ele ainda se julgasse indigno.

Cyrus compreendeu o que se passava no espírito de Ayrton, e perguntou-lhe:

— E você, Ayrton, o que irá fazer?

— O meu dever — limitou-se ele a responder, olhando pela janela.

Eram sete e meia da noite. O horizonte escurecia pouco a pouco. Entretanto o brigue avançava direto para a baía da União, e já estava bem próximo do platô da Vista Grande, porque dera a volta na abertura do cabo da Garra, que tinha avançado extraordinariamente na direção norte pela enchente da maré.

Estaria o brigue na baía? Era a primeira dúvida. E se entrasse, fundearia ali? Era a segunda dúvida. Contentariam-se em somente observar o litoral, e partir sem desembarcar? Os colonos ficariam sabendo disso em breve. Por enquanto, não podiam fazer nada além de esperar.

Não tinha sido sem profunda ansiedade que Cyrus vira a bandeira negra no navio. Aquilo era uma ameaça direta contra a obra que ele e seus companheiros tinham dirigido até então! Os piratas já teriam vindo àquela ilha, e por isso tinham içado as suas cores? Teriam eles já desembarcado ali, o que poderia explicar certas particularidades inexplicáveis até então? Existiria algum cúmplice naquela ilha, pronto a entrar em comunicação com eles?

Cyrus não conseguia responder estas perguntas, no entanto, sabia que a colônia estava ameaçada com a chegada do brigue.

Todavia, tanto ele quanto os companheiros, estavam decididos a resistir até às últimas conseqüências. Seria importante saber qual o número de piratas, e se eles estavam mais bem armados que os colonos. Mas como descobrir um meio de chegar até eles?

Já a ilha estava envolta na mais profunda escuridão. O vento abrandara com o crepúsculo; nem uma folha se mexia nas árvores, nem uma onda murmurava na praia. Não se via mais o navio; todas as luzes estavam apagadas, e não se podia dizer em qual lugar ele estava.

– Pode ser que o diabo do navio navegue durante a noite, e que ao amanhecer já não o encontremos! – disse Pencroff.

Como resposta à esta observação do marinheiro, viu-se ao longe um vivo clarão, e um tiro de peça ressoou.

Agora tinham certeza de que o navio tinha artilharia a bordo!

Tinham decorridos seis segundos entre o clarão e o tiro; isso mostrava que o brigue estava bem próximo da praia.

Também já se escutava um ruído de cadeias que rangiam através dos escovéns.

O navio acabava de ancorar em frente ao Palácio de Granito!

2

AYRTON CUMPRE SEU DEVER

Já não havia dúvidas sobre as intenções dos piratas, que lançaram ferro bem perto da ilha; era evidente que no dia seguinte, com o auxílio de canoas, contavam chegar à praia. Cyrus Smith e os companheiros estavam prontos para tudo, mas não se esqueciam da prudência. Poderiam ocultar sua presença ali se os piratas se limitassem a ficar no litoral. Mas, se eles se internassem pela ilha, encontrariam a ponte no Mercy e também suas outras benfeitorias.

E o que queria dizer aquela bandeira içada à popa do brigue? E o tiro de canhão? Pura fanfarronice? Cyrus notou que o navio estava admiravelmente armado, e para responder à artilharia dos piratas, os colonos contavam somente com algumas espingardas.

— Estamos protegidos aqui — disse Cyrus. — O inimigo não pode descobrir a antiga bacia do escoadouro, que está bem oculta. Será impossível que entrem no Palácio de Granito.

— Mas as nossas plantações, a granja, o curral! Tudo... — exclamou Pencroff, batendo o pé no chão. — Podem destruir tudo em pouco tempo.

— Tem razão, Pencroff — respondeu Cyrus, — mas não temos meios de impedi-los.

— Devem ser muitos! Isto é o verdadeiro problema — disse o repórter. — Se fosse uma dúzia, seria fácil prendê-los, mas quarenta, cinqüenta, mais talvez!...

— Senhor Smith — disse então Ayrton, — me dá licença?

— Para que, meu amigo?

— Para ir até ao navio e investigar quantos estão lá.

— Mas, Ayrton — respondeu o engenheiro, hesitando, — vai arriscar sua vida...

— E por que não, senhor Cyrus?

— Ora, isso é mais do que pediríamos a qualquer um.

— Tenho que cumprir o meu dever — respondeu Ayrton.

— Você irá de canoa até o navio? — perguntou Spilett.

— Não, irei nadando. A canoa pode ser facilmente percebida.

— Mas, o navio está a mais de um quilômetro da praia! — notou Harbert.

— Sou bom nadador, senhor Harbert.

— Já lhe disse que isso é arriscado — replicou o engenheiro.

— Pouco me importa — respondeu Ayrton. — Peço-lhe isto como um favor, senhor Cyrus. Esta é uma forma de redimir-me perante meus próprios olhos!

— Vá, Ayrton — respondeu então Smith, percebendo que uma recusa entristeceria profundamente aquele homem, que se tornara honrado.

— Eu vou acompanhá-lo — disse Pencroff.

— Está desconfiado de mim! — respondeu Ayrton, veementemente. E depois, mais humilde: — Seja!

— Não, Ayrton — exclamou com admiração Cyrus, — não! Você interpretou mal as palavras de Pencroff! Ele não desconfia de você.

— É claro que não — respondeu o marinheiro. — Estou me propondo a acompanhar Ayrton até a ilhota. É possível que alguns destes malandros já tenham desembarcado, e nesse caso dois homens não serão demais para impedir que ele dê o sinal de alarme. Esperarei Ayrton ali, enquanto ele vai ao navio sozinho, como é seu desejo.

Ficando assim tudo combinado, Ayrton fez os preparativos para a partida. O projeto era audacioso, mas graças à escuridão da noite, poderia ter êxito. Uma vez chegado ao navio, Ayrton, agarrando-se às amarras ou cadeias dos ovéns, poderia reconhecer o número, e talvez até descobrir a intenção dos piratas. Ayrton e Pencroff, seguidos pelos companheiros, dirigiram-se à praia, e aí Ayrton despediu-se, não sem antes esfregar sebo no corpo, para sentir menos a temperatura da água, que era bastante fria.

Durante este tempo, Pencroff e Nab tinham ido buscar a canoa, amarrada, a poucos passos acima, na margem do Mercy. Quando voltaram, acharam Ayrton pronto para partir.

Todos os colonos vieram apertar-lhe a mão, e então ele embarcou na canoa, junto com Pencroff. Eram dez e meia da noite quando ambos desapareceram nas trevas.

Atravessaram o canal facilmente e a canoa veio abicar na praia oposta à ilhota; tudo isto feito com o máximo de cuidado, para o caso dos piratas terem caminhado naquele sentido. Depois de observarem bem, concluíram que a ilhota estava deserta, e Ayrton, seguido de Pencroff, atravessou-a rapidamente, afugentando os passarinhos, e sem hesitar, lançou-se ao mar, nadando sem fazer o menor barulho, em direção ao navio, cuja situação exata estava indicada por algumas luzes que tinham acendido há pouco.

Pencroff escondeu-se numa cavidade da praia, e ali esperou a volta do companheiro. Ayrton, entretanto, nadava vigorosamente, deslizando através do lençol de água sem produzir o menor ruído, apenas com a cabeça fora da água, olhos fitos no navio, cujas luzes se refletiam no mar. O antigo degredado só pensava no dever que tinha prometido cumprir, se esquecendo dos perigos que corria, não só a bordo mas também naquelas águas infestadas por tubarões.

Meia hora depois, sem ser notado, Ayrton chegou junto ao navio, agarrando-se às cadeias de gurupés. Respirou fundo e então subiu a bordo do navio, onde estavam estendidos alguns calções de marujos. Vestiu um e, achando-se em terreno firme, começou a espreitar.

Ninguém parecia estar dormindo a bordo do navio. Pelo contrário, escutava-se música, cantoria e risos. E as conversas eram entremeadas com imprecações.

– Fizemos excelente compra com este navio!

– E Speedy é um nome bem merecido!

– Mesmo que toda a marinha de Norfolk resolvesse caçá-lo, ainda estariam perdendo seu tempo!

– Hurra! Comandante!

– Hurra! Bob Harvey.

Ayrton sentiu um aperto ao escutar este nome. Bob Harvey era um de seus antigos companheiros da Austrália, audacioso marinheiro que tinha continuado na vida de crimes. Bob Harvey tinha se apoderado daquele brigue nas paragens da ilha Norfolk, carregado de armas, munições, utensílios e ferramentas. Toda a comitiva de Harvey tinha passado para bordo, e agora eles pirateavam o Pacífico, destruindo navios, assassinando tripulações, mostrando-se mais ferozes que os próprios malaios!

Os bandidos conversavam em voz alta, contando suas proezas, bebendo muito. Eis o que Ayrton conseguiu compreender:

A tripulação atual do *Speedy* compunha-se unicamente de prisioneiros ingleses, fugidos de Norfolk.

Norfolk é uma pequena ilha, a leste da Austrália, que serve de degredo para os prisioneiros mais perigosos e insubordinados das penitenciárias inglesas. Ali estão quinhentos destes homens, submetidos a uma disciplina férrea, com castigos terríveis, guardados por cento e cinqüenta soldados e cento e cinqüenta empregados, sob as ordens de um governador. Algumas raras vezes, mesmo apesar da vigilância, alguns conseguem escapar, apoderando-se de navios que capturam, e com os quais passam a percorrer os arquipélagos polinésios.

Assim agira o tal Bob Harvey e seus companheiros, e assim tinha desejado fazer outrora Ayrton. Bob Harvey apoderara-se do Speedy, ancorado em Norfolk; a tripulação fora assassinada, e havia um ano que aquele navio havia se tornado embarcação pirata, navegando pelos mares do Pacífico, sob o comando de Harvey, que conhecia perfeitamente Ayrton!

A maior parte dos degredados estavam reunidos no tombadilho à popa do navio; outros, deitados na coberta, conversavam em voz alta.

A conversa continuava entre gritos e imprecações, e Ayrton soube que só o acaso tinha conduzido o Speedy à vista da ilha Lincoln. Bob Harvey nunca estivera ali, como Smith bem tinha adivinhado, encontrando esta rota por acaso. Ao ver aquela terra desconhecida, resolvera explorá-la, para ver se servia de refúgio ao navio.

O pavilhão içado e o tiro de canhão não passavam de fanfarronice da parte dos piratas. Não era um sinal, nem existia ainda comunicação entre os piratas e a ilha Lincoln.

O domínio dos colonos corria um grande perigo. A ilha era um bom refúgio, com seu porto, o Palácio de Granito, e todas as facilidades que os colonos já haviam instalado. As vidas dos colonos não seriam respeitadas, e certamente a primeira coisa que Bob Harvey faria seria mandar dar cabo deles sem dó. Smith e os seus não tinham nem mesmo a alternativa da fuga, e mesmo que o Speedy viesse a sair para alguma expedição, era provável que a tripulação deixasse alguns homens em terra para aí se estabelecer.

Em vista disso, não havia outro remédio senão lutar, destruir sem exceção aqueles miseráveis, indignos de compaixão, e contra quem todas as armas seriam legítimas.

Era assim que Ayrton pensava, e ele sabia que o engenheiro iria concordar com ele.

A resistência, porém, e até mesmo a vitória, seriam acaso possíveis? Isso dependia do armamento do brigue e do número de homens da sua tripulação.

Ayrton resolveu inquirir, custasse o que custasse, e como uma hora depois dele chegar a gritaria já era menor, porque grande parte dos piratas dormiam sob os efeitos da bebida, ele não hesitou em se arriscar ao tombadilho do *Speedy*, onde a escuridão era completa.

O ex-contramestre então conseguiu dar uma volta inteira ao convés do navio sem ser pressentido, e pôde averiguar que o Speedy estava armado de quatro canhões de bom tamanho.

Os homens que dormiam no convés deviam ser uns dez, mas era de se supor que houvessem mais dormindo, no interior do brigue; além do que Ayrton julgara escutar nas conversas que a tripulação do navio era por volta de cinqüenta pessoas. Era muito para os seis colonos da ilha Lincoln! Mas enfim, graças à dedicação de Ayrton, Smith não seria surpreendido, já que conheceria as forças do inimigo e poderia tomar as disposições conseqüentes.

O que restava a Ayrton fazer era voltar, para informar aos companheiros o resultado da missão de que se encarregara, e assim preparou-se para retornar à proa do brigue.

Ayrton, porém, queria ir além do simples cumprimento do seu dever, e nesse intuito ocorreu-lhe um pensamento verdadeiramente heróico. Seria o de sacrificar a própria vida para salvar a ilha e os colonos. Smith certamente não poderia resistir a cinqüenta bandidos bem armados, que tomassem de assalto o Palácio de Granito. Ayrton, dominado por esta idéia, começou a imaginar os seus salvadores, aqueles que o tinham feito um homem honrado, assassinados sem compaixão, vendo ser aniquilado tudo o que tinham feito na ilha, que seria transformada em covil de piratas!

Ayrton também pensou que seu antigo companheiro, Bob Harvey, não fizera mais do que realizar os seus próprios projetos, e isso o encheu de horror. Foi então que apoderou-se dele um desejo irresistível de fazer ir pelos ares o brigue e todos que estavam ali. Ayrton certamente morreria na explosão, mas cumpriria seu dever.

O marinheiro não hesitou. Chegou até o paiol da pólvora, que fica sempre à ré do navio. Pólvora certamente não deveria faltar naquele navio; portanto, para acabar com tudo bastaria uma faísca de fogo.

Ayrton deixou-se escorregar com todo o cuidado até a primeira coberta, juncada de grande número de homens adormecidos mais pela ação da bebida do que por sono natural. Junto da base do mastro estava uma lanterna acesa; em volta da base do mastro havia um cabide guarnecido com várias armas de fogo. Ele então pegou um revólver, certificando-se que ele estava carregado e pronto a disparar. Era o quanto lhe bastava para completar a obra de destruição que empreendera. Feito isto, tratou de ir procurar o paiol.

Estava muito escuro, e era difícil não andar engatinhando, sem topar com algum pirata que tivesse sono mais leve. Ayrton escutou muitos xingamentos e levou algumas boas pancadas, e por mais de uma vez teve que parar. Mas, afinal, conseguiu chegar junto ao paiol. Mas ele teria que arrombar a portar!

A tarefa não era fácil, porque consistia em arrombar um cadeado. Porém, nas robustas mãos de Ayrton, o cadeado cedeu rapidamente, e a porta se abriu...

Naquele instante, Ayrton sentiu que alguém lhe punha a mão no ombro.

– O que quer aqui? – perguntou asperamente um homem alto, que ergueu uma lanterna iluminando o rosto de Ayrton.

Ayrton recuou. Ao rápido clarão da lanterna, reconhecera seu antigo cúmplice Bob Harvey, que não o reconheceu, já que o julgava morto há muito tempo.

– O que está fazendo aqui? – repetiu Bob Harvey, agarrando Ayrton pelo cós das calças.

Ayrton, porém, sem dar resposta, repeliu com vigor o chefe dos piratas e procurou saltar para dentro do paiol. Um tiro de revólver no meio daqueles barris de pólvora e tudo iria se acabar!

– Acudam, rapazes! – gritou Bob Harvey.

Dois ou três piratas, acordados pelos gritos, tinham-se erguido, e lançaram-se sobre Ayrton, tentando segurá-lo. O robusto marinheiro, porém, conseguiu desembaraçar-se. Tiros de revólver ressoaram, e os piratas caíram logo ao chão. Neste momento, porém, deram uma facada no ombro do ex-contramestre.

Ayrton convenceu-se, afinal, de que seria impossível pôr em prática o seu projeto. Bob Harvey conseguira fechar novamente o paiol, e da coberta vinha um ruído que indicava que os piratas tinham acordado. Ayrton decidiu então que era melhor poupar-se, para combater ao lado de Cyrus Smith, e tratou de fugir.

Mas seria possível a fuga? Era duvidoso, apesar de Ayrton estar resolvido a tentar tudo para se unir com os companheiros.

Restavam-lhe ainda quatro tiros. Dois ele disparou logo, apontando um para Bob Harvey, sem contudo feri-lo gravemente. Ayrton, ainda assim, aproveitando este momento de surpresa, correu até o convés, de onde poderia fugir.

Dois ou três piratas, despertados pelo ruído, desciam a escada naquele momento. Um deles caiu com o quinto tiro de Ayrton, os outros, não compreendendo coisa alguma, encolheram-se, deixando-o passar. Em dois pulos o pirata chegou ao convés, e três segundos depois, tendo disparado o sexto tiro na cara de um pirata que o agarrara pelo pescoço, saltava do navio, atirando-se ao mar.

Mal havia dado seis braçadas e as balas já crepitavam à sua volta, como granizo.

Qual seria o estado de ânimo de Pencroff, abrigado sob um penedo do ilhéu, e dos outros colonos, metidos nas Chaminés, quando escutaram o estrondo dos tiros à bordo do brigue! Correram logo para a praia, e pegando as armas, prepararam-se para repelir qualquer agressão.

Para eles não havia dúvida possível. Ayrton fora surpreendido pelos piratas, e certamente fora morto, e quem sabe até se aqueles miseráveis não tentariam um desembarque na ilha, aproveitando-se da escuridão da noite?

Meia hora se passou no meio de mortais angústias. As detonações tinham cessado, é certo, mas nem Pencroff nem Ayrton apareciam. Será que já tinham invadido o ilhéu? Não seria melhor socorrer Ayrton e Pencroff? Mas como? A maré, que estava então alta, tornava impossível a passagem do canal. E os colonos não estavam com a canoa! A angústia de Cyrus e seus companheiros era enorme.

Finalmente, por volta da meia-noite e meia, chegou à praia a canoa com os dois homens. Ayrton, levemente ferido num ombro, e Pencroff, são e salvo, foram recebidos com abraços pelos amigos.

Todos buscaram então abrigo nas Chaminés, onde Ayrton contou tudo o que acontecera, sem ocultar nem mesmo a sua idéia de explodir o navio, mas que acabara não dando resultado.

Todos estenderam a mão a Ayrton, que não escondeu o quanto era grave a situação. Os piratas agora estavam prevenidos. Já sabiam que a ilha era habitada, e portanto iriam desembarcar em grande número e bem armados. E não respeitariam coisa alguma! Aquele que caísse em suas mãos, não deveria esperar mais nada!

— Pois muito bem, saberemos morrer! — disse o repórter.

— Vamos para casa, reforçar nossa vigilância — disse Cyrus.

— Haverá meio de sairmos desta, senhor Cyrus? — perguntou Pencroff.

— Sim, Pencroff, sim!

— Hmm! Seis contra cinqüenta!

— Sim! Seis!... não contando...

— Não contando quem? — perguntou Pencroff.

A resposta de Cyrus Smith foi apontar-lhe o céu.

O pirata chegou ao convés, e três segundos depois saltava do navio, atirando-se ao mar.

3

PLANOS DE COMBATE

A noite correu sem incidente. Os colonos tinham estado de vigília nas Chaminés. Os piratas, porém, não tinham feito nenhuma tentativa de desembarque. Desde que se tinha ouvido os últimos tiros disparados sobre Ayrton, nem uma só detonação, nem o menor ruído, revelava a presença do navio junto às costas da ilha. Os colonos até pensaram que os piratas tivessem resolvido se afastar, temendo encontrar na ilha inimigos mais fortes.

Mas infelizmente não foi este o caso, e logo que começou a amanhecer, os colonos puderam avistar o *Speedy*.

– Meus amigos – disse então o engenheiro, – acho melhor agirmos antes que o nevoeiro se dissipe, porque assim não despertaremos a atenção dos piratas. O que precisamos é fazer com que os piratas acreditem que somos muitos, e portanto capazes de resistir. Proponho que formemos três grupos. O primeiro ficará aqui mesmo, nas Chaminés, e o segundo na foz do Mercy. O terceiro, este me parece melhor ir para o ilhéu, a fim de impedir, ou pelo menos retardar, qualquer tentativa de desembarque. Temos duas carabinas e quatro espingardas, assim, todos ficaremos armados. Como a provisão de pólvora e bala é ampla, não há porque pouparmos tiros. Não temos que recear os tiros de espingardas, nem disparos de canhão, que nada podem contra estes penedos, e como não iremos atirar das janelas do Palácio de Granito, é pouco provável que os piratas se lembrem de bombardear lá, o que poderia causar estragos irreparáveis. O

30

que devemos temer, e até evitar, é o combate corpo-a-corpo, já que os piratas estão em maior número. Então, o principal é tentar impedir que eles desembarquem. Tratem de não economizar munição. Vamos atirar muito, mas tentando acertar, porque cada um de nós tem que dar cabo de dez piratas, e é preciso que nós os matemos!

Apesar da gravidade da situação, Cyrus Smith tinha exposto seu plano com voz perfeitamente calma, como se estivesse tratando de algum assunto regular da colônia, e não da execução de um plano de batalha! Os companheiros aprovaram os planos do engenheiro, sem discussão. Agora tratava-se de irem para o local combinado, antes que o nevoeiro se dissipasse de todo.

Nab e Pencroff subiram rapidamente ao Palácio de Granito, trazendo todas as munições necessárias. Spilett e Ayrton, ambos excelentes atiradores, ficaram com as duas carabinas de precisão, que alcançavam mais de 1 km. As outras quatro espingardas foram distribuídas entre os outros colonos.

Cyrus e Harbert ficaram emboscados nas Chaminés, dominando assim uma grande extensão da praia em torno do Palácio de Granito. Spilett e Nab foram esconder-se entre os rochedos, na foz do Mercy, cuja ponte e pontilhões tinham sido levantados, em posição própria para se oporem a qualquer passagem em barco, e mesmo um desembarque na margem oposta.

Ayrton e Pencroff foram de canoa até o ilhéu, onde ocuparam seus postos. Assim, o tiroteio partiria de quatro pontos diferentes, fazendo com que os piratas acreditassem que a ilha era suficientemente povoada e bem defendida.

No caso de algum desembarque bem sucedido por parte dos piratas, Ayrton e Pencroff deviam voltar na canoa, desembarcando do outro lado do canal, e se dirigindo para o ponto mais ameaçado.

Antes de ocuparem os seus postos, os colonos trocaram apertos de mão. Pencroff conseguiu dominar-se, reprimindo

31

a violenta comoção que dele se apoderou ao se despedir de Harbert, do seu filho!... e assim se separaram.

Nenhum dos colonos podia ser visto, mesmo porque eles próprios mal distinguiam ainda o navio entre a cerração. Eram seis e meia da manhã.

Pouco depois o nevoeiro começou a se dissipar, e dentro em pouco, o Speedy apareceu por inteiro, voltando para a ilha o costado de bombordo. Cyrus estava certo, o navio estava fundeado a pouca distância da praia.

No mastro, flutuava o sinistro pavilhão negro.

Com auxílio da luneta, o engenheiro pôde ver os quatro canhões de bordo, que se achavam apontados para a ilha. Era certo que os piratas estavam prontos a disparar ao primeiro sinal.

Entretanto, o *Speedy* continuava silencioso. Viam-se uns trinta piratas, andando de um lado para o outro, no convés do navio. Alguns estavam no castelo da proa; outros dois nos mastaréus de joanete, observando a ilha atentamente, por meio de lunetas.

Bob Harvey e sua tripulação mal compreendiam o que ocorrera durante a noite, à bordo do brigue. Aquele homem, encontrado na porta do paiol de pólvora, e que matara um deles, ferindo ainda dois, teria escapado do tiroteio? Conseguira alcançar a costa a nado? De onde ele viera? O que tentava fazer a bordo? Teria ele realmente planejado explodir o barco, como Harvey supunha? Tudo aquilo devia deixar confusos os piratas. Tinham certeza, no entanto, que a ilha estava habitada, e talvez pronta a defender-se. Mas não se via ninguém na praia, ou em lugar algum. Teriam os habitantes se refugiado no interior da ilha?

Era isso o que se perguntava o chefe dos piratas, e como homem prudente, tentava fazer um reconhecimento do local antes de arriscar seu bando.

Durante hora e meia não se notou no navio nenhum movimento de desembarque. Era evidente que Harvey hesitava, e nem suas mais potentes lunetas lhe tinham permitido ver os colonos escondidos entre os rochedos.

Não era provável que a atenção do chefe dos piratas fosse atraída pelos ramos e trepadeiras que encobriam as janelas do Palácio de Granito, e se destacavam na parede nua. Com efeito, ninguém imaginaria que naquela massa de granito existia uma habitação!

Desde o cabo da Garra até aos cabos das Mandíbulas e em todo o perímetro da baía União, nada havia que lhe indicasse que aquela ilha fosse ou pudesse ser habitada.

Por volta das oito horas, no entanto, os colonos notaram certa movimentação a bordo do *Speedy*. Os piratas estavam lançado um escaler ao mar. Ali entraram sete homens, armados de espingardas. O objetivo deles era, sem dúvida, fazer um reconhecimento, mas não desembarcar, senão viriam em maior número.

Os piratas, empoleirados nos mastros, podiam ter visto que havia um ilhéu junto da costa, da qual estava separado por um estreito canal. Contudo, dentro em pouco, Cyrus Smith concluiu, observando a direção seguida pelo escaler, que a intenção deles não era entrar imediatamente naquele canal, mas sim se aproximar da ilha, cautelosamente.

Pencroff e Ayrton, escondidos cada um de seu lado em pequenas cavidades no rochedo, viram o escaler vir em direção a eles, e esperaram que chegassem ao alcance de tiro.

O escaler avançava com extrema precaução, e os remos mergulhavam a grandes intervalos. Os colonos puderam ver que um dos piratas, na proa, tinha uma sonda, com a qual procurava verificar a profundidade do Mercy. Isto indicava que Harvey tinha a intenção de aproximar o brigue da praia o mais possível. Cerca de trinta piratas, espalhados pelo navio, não perdiam um único movimento do escaler, observando os pontos onde podiam fundear sem perigo.

O escalar estava bem próximo do ilhéu quando parou. O homem do leme, de pé, procurava o melhor lugar para lançar âncora, quando se escutou a detonação de dois tiros, subindo uma coluna de fumaça por cima das rochas do ilhéu. O homem do leme e da sonda caíram no fundo do escaler. As balas de Pencroff e Ayrton tinham sido certeiras.

Quase no mesmo instante escutou-se uma detonação mais forte, e uma nuvem de fumaça apareceu ao lado do navio, e uma bala, batendo na parte superior dos rochedos que abrigavam Ayrton e Pencroff partiu-o em estilhaços; os dois atiradores, porém, tinham ficado sãos e salvos.

Imprecações foram escutadas no escaler, que continuou seu caminho. O homem do leme foi substituído por um dos companheiros e os remos mergulharam apressadamente na água.

Entretanto, em vez de voltar a bordo, como era de se supor, o escaler continuou pela margem do ilhéu, de forma a voltar pelo lado sul. Os piratas remavam com força, a fim de ficarem fora do alcance das balas.

Avançaram assim até próximo do litoral onde terminava a ponta dos Salvados, e aí rodearam-na, dirigindo-se para a embocadura do Mercy.

A intenção deles era penetrar no canal e apanhar pelas costas os colonos que estavam postados no ilhéu, de maneira que ficassem entre o fogo do escaler e o fogo do navio, portanto uma posição bem desvantajosa.

Assim se passou um quarto de hora durante o qual o escaler avançava naquela direção; silêncio absoluto e calmaria completa no ar e nas águas.

Pencroff e Ayrton, mesmo sabendo que corriam o risco de serem apanhados, não quiseram abandonar seus postos, ou porque não se desejassem mostrar aos assaltantes, expondo-se assim aos tiros do navio, ou porque contassem com Spilett e Nab, que estavam de vigia na embocadura do rio e com Cyrus e Harbert, que estavam emboscados nas Chaminés.

Vinte minutos depois dos primeiros tiros, o escaler fundeava em frente ao Mercy. Como a maré começava a subir,

34

os piratas foram arrastados para o rio, e só com muito esforço é que conseguiram conservar-se no canal. Quando passavam perto da embocadura do Mercy, foram saudados por duas balas que fizeram cair dois deles na embarcação. Nab e Spilett não tinham errado o tiro.

O brigue atirou novamente, mas sem resultados maiores que despedaçar algumas pontas do rochedo.

Naquele momento só restavam três homens no escaler. Este, levado pela correnteza, deslizava pelo canal com a rapidez de uma flecha; passou em frente de Cyrus e Harbert, que não o julgando ao alcance de tiro, não deram sinal de si; depois, voltando à ponta norte do ilhéu, com os dois únicos remos que lhes restavam, caminhou em direção ao brigue.

Até aqui os colonos não tinham do que se queixar. O combate mal começara e eles já tinham conseguido ferir gravemente, ou até mesmo quem sabe matar, quatro piratas. Se os piratas continuassem neste plano de combate, tentando o desembarque por meio de escaleres, poderiam ser destruídos facilmente. Isto era resultado direto das vantajosas posições que o engenheiro tinha estabelecido para os colonos. Os piratas deviam imaginar que estavam lutando contra adversários numerosos e difíceis de se vencer.

Meia hora se passou sem que o escaler, em sua luta contra a correnteza, conseguisse se reunir ao *Speedy*. Quando os piratas levaram os feridos para bordo, ouviram-se gritos estrondosos, e três ou quatro tiros de canhão foram disparados, os quais não fizeram grandes estragos na ilha.

Então os piratas, encolerizados, ocuparam o escaler. Eram doze, e outro escaler foi lançado ao mar, com mais oito homens. E enquanto o primeiro se dirigiu ao ilhéu em busca dos colonos, o segundo manobrava para alcançar a entrada do Mercy.

Era muito perigosa a situação para Pencroff e Ayrton, que acharam melhor abandonar o ilhéu. Mesmo assim, esperaram que o primeiro escaler estivesse ao alcance de tiro, e com duas balas certeiras, fizeram novas baixas na tripulação. Pencroff e Ayrton, depois de serem alvo de uma boa dúzia de tiros de espingarda, abandonaram seu posto, atravessando o ilhéu o mais rapidamente possível, e metendo-se na canoa. Passaram então o canal, enquanto o segundo escaler alcançava a ponta sul, e correram para se esconder nos rochedos das Chaminés.

Tinham acabado de se juntar a Cyrus e Harbert quando o ilhéu, invadido pelos piratas da primeira embarcação, era revistado por todos os lados.

Quase no mesmo instante rebentaram novas detonações no posto do Mercy, do qual o segundo escaler tinha se aproximado rapidamente. Dos oito homens que o tripulavam, dois foram feridos mortalmente por Spilett e Nab, e a embarcação, levada pela correnteza, escangalhou-se contra os escolhos na embocadura do Mercy. Os seis homens restantes levantaram as armas, para impedir que elas se molhassem e conseguiram por o pé em terra firme na margem direita do rio. Depois, vendo que estavam expostos ao fogo inimigo, fugiram em direção à ponta dos Salvados, longe do alcance das balas.

A situação atual era a seguinte: no ilhéu estavam doze piratas, dois dos quais feridos, e com um escaler à sua disposição; na ilha, seis homens sem embarcação, impossibilitados de chegarem ao Palácio de Granito, porque as pontes tinham sido levantadas, impedindo-os de atravessarem o rio.

– Está tudo correndo bem! – disse Pencroff. – Não acha, senhor Cyrus?

– Concordo, Pencroff – respondeu o engenheiro. – A luta vai tomando outra feição, porque não acho que estes piratas sejam tão pouco inteligentes a ponto de continuarem a combater em situação tão desfavorável!

– Não conseguirão atravessar o canal – disse o marinheiro. – Lá temos Ayrton e o senhor Spilett para os deter, e sabe o quanto eles atiram bem!

– É verdade – exclamou Harbert, – mas o que poderão duas carabinas contra os canhões do navio?

– Ora o brigue não está no canal ainda! – respondeu Pencroff.

– E se vier? – disse Cyrus.

– É impossível, porque se arriscaria a soçobrar!

– É possível, é possível – respondeu então Ayrton. – Os piratas podem aproveitar a maré cheia para entrar no canal, correndo o risco de encalhar na maré baixa, e então, sob o fogo dos canhões, não poderemos sustentar nossos postos.

– Com um milhão de diabos! – impacientou-se Pencroff. – Parece que os tratantes estão se preparando para levantar ferros!

– Talvez sejamos obrigados a nos refugiarmos no Palácio de Granito – observou Harbert.

– Vamos aguardar! – murmurou Cyrus Smith.

– E Nab e o senhor Spilett? – perguntou Pencroff.

– Eles saberão o momento oportuno de reunirem-se conosco. Vamos agir Ayrton. É com sua mira e a de Spilett que contamos agora.

E era verdade! O Speedy começava a virar sem levantar ferros, e parecia ter intenção de aproximar-se do ilhéu. A maré devia ainda encher durante hora e meia, e como o mar estava calmo, o navio podia manobrar facilmente. Mas quanto a entrar no canal, Pencroff, apesar de contrariar a opinião de Ayrton, não podia admitir que ousassem tentá-lo.

Entretanto, os piratas que ocupavam o ilhéu tinham-se pouco a pouco aproximado da margem oposta, e estavam separados da terra apenas pelo canal. Armados de espingardas, não podiam fazer mal algum aos colonos, emboscados uns nas Chaminés, outros na embocadura do Mercy, mas não os julgando munidos de carabinas de grande alcance, não pensavam que os seus estivessem expostos. Era, pois, a descoberto que eles caminhavam na ilha e percorriam a margem oposta.

Mas a ilusão não foi duradoura. Ayrton e Spilett fizeram uso das carabinas, e o resultado disto não foi muito agradável para os dois piratas que caíram de repente ao chão.

Foi uma debandada geral. Os outros piratas não tiveram nem tempo de se ocupar dos companheiros feridos ou mortos; correram para o outro lado do ilhéu, metendo-se no escaler que os tinha trazido, e dirigiram-se para o navio, remando com toda a força.

– Menos oito! – exclamou Pencroff. – Na verdade, poderia se dizer que o senhor Spilett e Ayrton combinaram para atirar ao mesmo tempo!

– Senhores – disse então Ayrton, tornando a carregar a carabina, – a luta se acirra. O brigue está emparelhando.

– A âncora está a prumo... – exclamou Pencroff.

– Sim, e já não toca no fundo.

Com efeito, o *Speedy* tinha levantado ferros, e encaminhava-se para a praia. O vento soprava do mar, e o navio aproximou-se da terra pouco a pouco.

Dos seus postos, os colonos viam-no se aproximar, sem darem sinal de vida, mas apreensivos. Seria terrível para eles se ficassem expostos aos tiros de canhão, e sem terem como revidar. Como poderiam impedir o desembarque dos piratas então?

Cyrus compreendia tudo isto, e perguntava-se como agir. Dentro em pouco teria que tomar uma decisão. Mas qual? Esconderem-se no Palácio de Granito, deixarem-se cercar e ficar assim durante semanas ou até meses, já que tinham víveres em abundância? Muito bem, mas e depois? Os piratas tomariam posse da ilha, devastariam tudo, e acabariam por capturar os colonos.

Havia ainda a esperança de que Bob Harvey não se aventurasse pelo canal, conservando-se fora do ilhéu. Estariam ainda o suficientemente longe da costa para que os tiros não causassem grandes danos.

– Nunca – repetia Pencroff, – nunca ele entrará no canal, se este tal de Harvey for um bom marinheiro! Seria arriscar o brigue, e o que ele faria sem sua embarcação?

Entretanto, o brigue aproximava-se do ilhéu. A brisa e a correnteza eram fracas, permitindo que o pirata manobrasse livremente.

O caminho seguido pelos escaleres tinha-lhe servido como referência, e por isto enfiou o navio sem medo pelo canal. A intenção evidente do pirata era ancorar em frente das chaminés, e ali responder com artilharia pesada às balas de espingarda que até então tinha-lhe dizimado a tripulação.

– Bandidos! Entraram realmente! – exclamou Pencroff.

Naquele momento Nab e Spilett reuniram-se aos outros colonos. Eles tinham achado melhor abandonar seus postos no Mercy, de onde pouco podiam fazer contra o navio.

– O maldito navio está entrando no canal! – disse Spilett.

– É verdade! – respondeu Pencroff. – Em menos de dez minutos estará fundeado em frente ao Palácio de Granito!

– Algum plano, Cyrus? – perguntou o repórter.

– Não há nada a fazer a não ser nos refugiarmos em casa, enquanto ainda o podemos fazer sem que os piratas nos vejam.

– Acho que é o melhor a ser feito – respondeu Spilett, – mas depois de estarmos lá...

– As circunstâncias nos dirão o que fazer – disse Smith.

– Pois então, vamos logo! – exclamou o repórter.

– Senhor Cyrus, não quer que eu e Ayrton fiquemos aqui? – perguntou Pencroff.

– Para que? É melhor não nos separarmos!

Não havia um minuto a perder. Os colonos saíram logo das Chaminés, e subiram rapidamente para o Palácio de Granito. Correram então para as janelas. Por detrás da espessa folhagem que os camuflava, viram o Speedy deslizar pelo canal adentro, atirando incessantemente.

39

E quando os colonos pensavam que o Palácio de Granito seria poupado das descargas, uma bala entrou voando pelo corredor adentro!

– Maldição! Fomos descobertos! – gritou Pencroff.

Os colonos talvez não tivessem sido vistos, mas o certo é que Harvey achara conveniente apontar uma bala à folhagem suspeita que encobria aquela porção da muralha. Fosse qual fosse sua razão, o caso é que o chefe dos piratas mandou continuar os disparos naquele ponto, até que uma das balas, rompendo a cortina de folhagens, deixou ver uma grande abertura no granito.

A situação dos colonos era desesperadora. Seu último refúgio acabava de ser descoberto. E eles não tinham como se opor aos canhões que os atacavam. Não lhes restava outro remédio senão abandonar a habitação...

Foi quando se ouviu um surdo fragor, acompanhado de horrível gritaria! Cyrus Smith e seus companheiros correram imediatamente para uma das janelas...

Foi então que viram o brigue sendo levantado por uma espécie de tromba líquida, partindo-se ao meio e sendo engolido pelas águas em menos de dez segundos, com toda a sua criminosa tripulação!

Foi então que viram o brigue sendo levantado por uma espécie de tromba líquida.

4
NOVAS RIQUEZAS

Foram pelos ares! – exclamou Harbert.

– É verdade! Tal e qual como se Ayrton tivesse botado fogo no paiol! – disse Pencroff, metendo-se no elevador juntamente com Nab e Harbert.

– Mas o aconteceu? – inquiriu Spilett, ainda espantado com aquele inesperado acontecimento.

– Agora sim! Agora vamos saber!... – disse Smith.

– Sabermos o que?...

– Depois! Depois falaremos! Agora, venha comigo, Spilett. O que importa é que os piratas foram exterminados! – e Smith, arrastando o repórter consigo, juntou-se aos outros.

Do brigue já não se via nada, nem os mastros. O navio, depois de levantado pela inexplicável tromba, tinha tombado, afundando nesta posição, certamente em virtude de algum enorme rombo. Mas como naquele local não houvesse fundura suficiente, era possível que quando a maré baixasse, o costado do navio submerso aparecesse.

Alguns destroços boiavam na água. Uma coleção completa de mastros e vergas, muitas gaiolas de galinhas, com as aves ainda vivas, muitos caixotes e barricas, que iam saindo pouco a pouco das aberturas das escotilhas. Não convinha deixar que a maré levasse aqueles preciosos destroços, e Ayrton e Pencroff meteram-se na canoa, tentando trazer tudo aquilo para o litoral da ilha ou do ilhéu.

— Olhe o que eu já fui, Pencroff! — disse Ayrton, comovido.

– E os seis piratas que desembarcaram na margem direita do Mercy? – lembrou-se de repente Spilett.

Era prudente não se esquecer daqueles homens, cujo barco se despedaçara nas rochas, e que tinham conseguido chegar à ponta dos Salvados.

Os colonos olharam para aquela direção. Nenhum dos fugitivos estava visível. O mais provável é que tivessem fugido para o interior da ilha, ao verem o brigue soçobrar no canal.

– Resolveremos isso depois – disse então Smith. – Podem ainda ser perigosos, porque estão bem armados, mas enfim, seis contra seis é bem razoável. Vamos fazer o mais importante agora.

Ayrton e Pencroff embarcaram então na canoa, remando com vigor ao encontro dos salvados. Eles tiveram tempo de sobra para conseguir resgatar tudo o que tinha restado do naufrágio.

Ali também boiavam alguns cadáveres. Ayrton reconheceu entre eles Bob Harvey, e mostrando-o ao companheiro, disse comovido:

– Olhe o que eu já fui, Pencroff!

– Pense no que você é agora, Ayrton! – disse simplesmente o marinheiro.

Era singular que um número tão pequeno de cadáveres aparecesse. Eram cinco ou seis apenas, que a vazante começava a levar para alto-mar. Provavelmente os piratas, surpreendidos pela repentina submersão do navio, não tinham tido tempo de fugir. Ora, se o refluxo levasse os cadáveres, pouparia triste tarefa aos colonos.

Durante duas horas Cyrus e os companheiros trataram de trazer à praia unicamente as vergas e mastaréus, e de colocar para secar o velame, que estava intacto.

Estavam tão ocupados que pouco conversavam, mas quantos pensamentos lhes atravessavam a mente! A posse do brigue, ou melhor dizendo, de tudo quanto este continha, era para eles uma verdadeira fortuna.

44

– De mais a mais – pensava Pencroff, – pode ser possível reparar as avarias do brigue! Se ele não tiver senão um rombo no costado, podemos vedar! E um navio de trezentas a quatrocentas toneladas é um verdadeiro navio, sem comparação com o nosso *Bonadventure*! Num navio assim pode-se ir longe! É preciso que eu, Ayrton e o senhor Cyrus examinemos isto muito bem!

Realmente, se o brigue ainda pudesse ser recuperado, as probabilidades dos colonos voltarem à pátria aumentariam consideravelmente. Para decidir este importante ponto, no entanto, convinha esperar que a maré baixasse, tornando possível examinar o casco do brigue em toda a sua extensão.

Assim que conseguiram reunir todas aquelas novas riquezas em segurança na praia, Cyrus e os companheiros pararam para almoçar. Estavam mortos de fome, e comeram ali mesmo, nas Chaminés. Durante o almoço, só falavam de tão inesperado acontecimento, que milagrosamente salvara a colônia dos terríveis piratas!

– Milagre é a palavra certa – repetia Pencroff, – porque precisamos confessar que estes tratantes estavam dispostos a tudo.

– Mas o que poderia ter causado isto, Pencroff? – perguntou o repórter.

– Ora, senhor Spilett, talvez na confusão do tiroteio, algum descuidado deixou os paióis abertos...

– O que me espanta, senhor Cyrus – disse então Harbert, – é que a explosão não produzisse maiores efeitos. O estrondo não foi muito grande, e os despojos do navio e os bocados de casco arrancados, em suma, não são muitos. O navio parece mais ter soçobrado por efeito de algum rombo do que de uma explosão.

– Acha isso estranho, filho? – perguntou o engenheiro.

– Muito, senhor Cyrus.

– Pois eu também, Harbert – respondeu então Cyrus. – Eu também acho muito estranho, mas espero ter uma explicação assim que examinarmos o casco do navio.

45

— Ora essa, senhor Cyrus, só me falta escutar o senhor dizer que o Speedy foi ao fundo porque bateu contra um recife!

— E por que não — advertiu Nab. — Pode haver rochedos no canal!

— Ora essa, Nab, bem se vê que tinha os olhos fechados quando tudo aconteceu. Eu vi perfeitamente que o brigue, um momento antes de afundar, foi levantado por um enorme vagalhão, tornando a cair e então tombando. Ora, se ele tivesse batido em algum recife, iria afundando lenta e sossegadamente, como qualquer honrado navio que vai ao fundo.

— Mas aquele navio não tinha nada de honrado! — resmungou Nab.

— Enfim, nós examinaremos isto, Pencroff — respondeu Smith.

— Certamente, senhor — replicou o marinheiro, — mas não me importo em apostar desde já que não há rochedos no canal. Ora vamos, senhor Cyrus, com franqueza, está querendo dizer que este acontecimento tem algo a ver com os mistérios que rondam a ilha.

Cyrus Smith não respondeu.

— Em todo caso — disse Spilett, — quer fosse choque ou explosão, Pencroff, você tem que convir que a coisa veio a calhar!

— Sem dúvida! — respondeu o marinheiro. — Mas o que estou perguntando é outra coisa. O que quero saber é se o senhor Smith vê algo de sobrenatural neste acontecimento!

— Não tenho opinião formada a respeito, Pencroff — disse o engenheiro. — Não posso responder ainda.

Tal resposta não satisfez Pencroff de forma alguma. A sua idéia era que tinha acontecido uma explosão, e ninguém poderia dissuadi-lo disso. Como convencê-lo de que naquele canal, de leito formado por areia tão fina quanto na praia, e no qual Pencroff já passara tantas vezes, tivesse rochedos ainda desconhecidos? Além disso, o navio naufragara na maré alta, ocasião em que a água tinha profundidade mais do que suficiente para evitar que ele topasse com quaisquer rochedos que não ficassem descobertos na maré baixa. Isso eliminava todas as possibilidades de um choque. E se o navio não dera de encontro a nenhum rochedo, então forçosamente houvera explosão. É preciso dizer que o raciocínio do marinheiro era bem lógico.

Por volta da uma e meia os colonos embarcaram na canoa, dirigindo-se ao local do naufrágio. Pena que não conseguiram salvar as duas embarcações do brigue; uma delas escangalhara-se na foz do Mercy, e a outra desaparecera no naufrágio, e decerto ficara esmagada debaixo dele, porque não tornara a aparecer.

Naquele momento o casco do Speedy começava a surgir acima do nível das águas. O brigue estava tombado para a esquerda, devido ao inexplicável deslocamento de água que o virara de pernas para o ar.

Os colonos deram a volta no casco, e à medida que a maré baixava, puderam ir reconhecendo, se não a causa de onde viera a catástrofe, pelo menos os resultados dela.

À proa o brigue estava despedaçado. Ali viam-se dois enormes rombos, cujo concerto era impossível. Não somente desaparecera o forro de cobre e o madeiramento do casco, mas também o cavername e as cavilhas tinham desaparecido, esfacelados. Em todo o comprimento do casco, todas as cintas estavam desconjuntadas e mal seguras.

— Com mil diabos! – exclamou Pencroff. – No estado em que está, vai ser difícil consertá-lo!

— É impossível – disse Ayrton.

— Em todo caso – advertiu Spilett, – se houve uma explosão, ela produziu efeitos singulares! Arrombou o casco do navio pela parte baixa, fazendo ir pelos ares o convés! Estes enormes buracos parecem mais o resultado do choque contra um penedo do que da explosão do paiol!

47

– Mas não há penedos no canal! – replicou o marinheiro.
– Aqui pode ter acontecido qualquer coisa, menos o choque contra um penedo.

– Vamos entrar no navio – disse o engenheiro. – Lá, quem sabe, encontraremos indícios seguros da causa da catástrofe.

Esta era, realmente, a melhor atitude, porque também era preciso inventariar todas as riquezas que havia a bordo, tomando as providências necessárias para trazê-las para terra.

Entrar no navio já não era tão fácil. A maré continuava a baixar, e a parte inferior da coberta, que em virtude da imersão do brigue era agora a parte superior dela, serviria de entrada. Lastro formado por enormes linguados de ferro fundido, tinha arrombado o pavimento da coberta em muitos pontos. Ouvia-se até o murmúrio surdo das águas do mar correndo pelas enormes fendas do casco.

Cyrus e os companheiros avançaram, de machado em punho, pelo convés meio escangalhado. Estava tudo obstruído por um grande número de caixotes que, como tinham estado pouco tempo submerso, não deviam ainda estar com o conteúdo avariado.

Os colonos trataram de colocar esta parte da carga em local seguro. Ayrton e Pencroff tinham cravado na abertura do casco uma espécie de guindaste para içar as barricas e caixotes até a canoa, que transportava tudo imediatamente até a praia. E assim, os colonos trataram de retirar tudo o que era possível, sem distinção, para depois poderem ver o que lhes seria útil ou não. Mas eles já tinham averiguado que o brigue trazia uma carga variadíssima, um sortimento completo de objetos de todas as espécies, utensílios, produtos manufaturados, ferramentas, enfim, uma carga como a que a trazem de ordinário os navios que fazem a grande cabotagem da Polinésia. Num navio assim carregado era provável encontrar de tudo, e força é confessar, os colonos da ilha Lincoln precisavam de tudo.

48

Entretanto – e Cyrus observara o caso com silenciosa admiração – não só o casco do brigue sofrera muito com o choque que causara a catástrofe, mas toda a construção e acomodação interna do navio estavam devastadas, principalmente para o lado da proa. Divisórias e prumados, tudo estava esmigalhado, como se uma bomba formidável tivesse arrebentado dentro do navio. Arrumando os caixotes que iam retirando, os colonos puderam percorrer a coberta em toda a sua extensão. A carga do navio não se compunha de pesados volumes, mas sim de simples fardos, cuja arrumação primitiva era impossível descobrir.

Os colonos chegaram finalmente até a ré do brigue, onde antes se erguia o castelo da proa. Era ali que, segundo as indicações de Ayrton, devia se encontrar o paiol da pólvora. Cyrus continuava na firme opinião de que não houvera explosão, e julgava ser possível salvar alguns barris de pólvora, que eram sempre guardados em invólucros metálicos, não sofrendo avarias em contato com a água, portanto.

E foi realmente o que aconteceu. Encontraram cerca de vinte barricas de pólvora, forradas de cobre por dentro. Tiraram-nas dali com todo o cuidado, e Pencroff convenceu-se então, com seus próprios olhos, que a destruição do *Speedy* não tinha sido causada por uma explosão, mesmo porque, a parte do casco onde estava o paiol era a que menos tinha sofrido.

– Será possível? – resmungou o teimoso marinheiro. – Mas, para ser um penedo... Não há nenhum no canal!

– Então, o que foi que aconteceu? – perguntou Harbert.

– Não sei – murmurou Pencroff. – O senhor Cyrus também não sabe nada, e ninguém não saberá nunca!

Tinham-se passado algumas horas, enquanto as buscas ocorriam, e como a maré começava a subir, os colonos não tiveram outra solução senão interromper os trabalhos. Além disso, nada havia a recear, porque o navio estava de tal forma encalhado na areia, que era como se estivesse seguro pelas amarras. Assim,

49

podiam esperar pela vazante para continuarem suas operações. Quanto ao navio, estava condenado, e deveriam agir rapidamente para salvar os restos do casco, que não tardariam a desaparecer nas areias movediças do canal.

Eram cinco da tarde. O dia tinha sido trabalhoso para os colonos. Comeram com grande apetite, e apesar do cansaço, não puderam deixar de conferir o que havia dentro dos caixotes do *Speedy*.

A maior parte da carga foi muito apreciada e festejada. Ali havia muita roupa branca e calçados, em quantidades mais que suficientes para a pequena colônia.

– Agora é que estamos ricos! – exclamou Pencroff. – O que faremos com tudo isto?

E a cada momento o alegre marinheiro dava gritos de hurra, ao ver surgirem nos barris tabaco, aguardente, armas de fogo e armas brancas, fardos de algodão, instrumentos de lavoura, ferramentas de carpinteiro, marceneiro, ferreiro, caixotes de sementes de todas as qualidades... Ah! Como aquilo teria vindo a propósito dois anos antes! Mesmo agora, apesar dos colonos terem suas próprias ferramentas, aquelas riquezas inesperadas seriam bem utilizadas!

Apesar de haver muito espaço nos armazéns do Palácio de Granito, não houve tempo de guardar tudo naquele dia. O que não havia modo de esquecer eram os seis homens que restavam da tripulação do *Speedy*, e que tinham conseguido desembarcar na ilha. Apesar da ponte e dos pontilhões do Mercy estarem levantados, os piratas certamente não se embaraçariam com um rio e, desesperados como estavam, eram temíveis.

Mais tarde decidiriam como agir, entretanto, era preciso vigiar os caixotes e fardos amontoados próximo às chaminés, e foi isso que os colonos fizeram durante a noite. Mas nada aconteceu.

Os três dias seguintes, 19, 20 e 21 de outubro, foram empregados em salvar tudo o que podia ter alguma utilidade. Conseguiram arrancar uma grande parte do cobre que forrava o casco do brigue, que cada dia se enterrava mais e mais na areia.

Mas antes que se perdessem, Pencroff e Ayrton mergulharam muitas vezes até ao fundo do canal, resgatando as cadeias e âncoras do brigue, os linguados de lastro, e até os quatro canhões. Agora, o arsenal da colônia estava completo!

Entusiasmado como sempre em seus projetos, Pencroff já falava em construir uma bateria que dominasse o canal e a foz do rio. Com quatro canhões, Pencroff desafiava qualquer um que se aventurasse nas águas da ilha Lincoln!

Na noite de 23 para 24, o casco do navio despedaçou-se completamente, e grande parte dos destroços encalhou na praia. Oito dias depois da catástrofe, ou melhor, do feliz e inexplicável desfecho ao qual a colônia devia a salvação, já não se via nada do navio, mesmo na vazante. Os destroços tinham-se dispersado e os colonos estavam de posse de tudo o que o brigue continha.

Contudo, o mistério de tão singular acontecimento não teria sido desvendado se no dia 30 de novembro, vagueando pela praia, Nab não tivesse encontrado um espesso cilindro de ferro com todos os vestígios de explosão. O cilindro estava partido e torcido nas arestas como se tivesse sido submetido à ação de uma substância explosiva.

Nab trouxe o bocado de metal para seu amo, que estava trabalhando com os companheiros nas oficinas das Chaminés.

Cyrus analisou o cilindro atentamente, e depois, voltando-se para Pencroff, disse:

— E então, meu amigo — disse ele, — continua a sustentar que o *Speedy* não foi vítima de um choque?

— Continuo, senhor Cyrus — respondeu o marinheiro. — O senhor sabe, tão bem quanto eu, que não há rochedos no canal.

— Mas e se o navio deu de encontro a este pedaço de ferro? — disse o engenheiro, mostrando o cilindro partido.

— Este pedaço aí? — exclamou Pencroff, incrédulo.

51

— Meus amigos — disse Cyrus, — vocês se lembram que antes de afundar, o navio levantou-se no cimo de uma verdadeira tromba de água?

— Lembro-me muito bem, senhor Cyrus! — respondeu Harbert.

— Querem saber o que levantou essa tromba? Isso — disse o engenheiro, mostrando o tubo partido.

— Isto? — replicou Pencroff.

— Sim! Este cilindro é o que resta de um torpedo!

— Um torpedo! — exclamaram os companheiros do engenheiro.

— E quem teria lançado este torpedo? — perguntou Pencroff, que custava a se render.

— O que sei é que não fui eu! — respondeu Smith. — Mas o certo é que ele estava lá, e tivemos ocasião de lhe ver os efeitos!

5
QUATRO TIROS DE CANHÃO

Então o naufrágio do navio tinha sido causado por um torpedo! Cyrus Smith, que durante a guerra da União tivera mais de uma ocasião de experimentar aqueles terríveis maquinismos de destruição, não podia enganar-se a tal respeito. Pela ação daquele cilindro, carregado de substância explosiva, é que as águas do canal tinham-se levantado como uma tromba e o que o brigue, fulminado no casco, tinha ido a pique instantaneamente. O Speedy não teria conseguido resistir a um torpedo capaz de destruir até uma fragata couraçada como se fosse um barco de pesca!

Sim, isto estava explicado, é verdade... tudo, menos a presença do torpedo no canal!

— Meus caros — continuou Cyrus, — agora já não podemos duvidar da existência de um ente misterioso, de um náufrago como qualquer de nós, abandonado na nossa ilha, e digo isso para que Ayrton fique sabendo de todos os acontecimentos extraordinários que se têm passado aqui. Quem será este desconhecido benfeitor, cuja favorável intervenção, em tantas ocasiões, nos tem ajudado? Não posso imaginar! Que interesse tem em agir assim e continuar incógnito? Também não compreendo. Mas sua ajuda tem sido real, e de natureza tal que, só alguém que disponha de um poder prodigioso, pode prestá-los. Ayrton deve-lhe tanto quanto nós, porque se foi este desconhecido que me salvou de morrer afogado, depois que caí do balão, não há dúvidas de que foi ele quem

53

escreveu aquele bilhete, colocando a garrafa ao nosso alcance, para que soubéssemos da existência de Ayrton. Tenho certeza de que ele também que nos mandou aquele caixote tão convenientemente provido de tudo quanto nos faltava, e foi ele também quem acendeu a fogueira que serviu de guia ao Bonadventure. Foi ele, sem dúvida, quem disparou o torpedo que deu cabo do brigue... Em suma, todos os fatos misteriosos, para os quais não temos explicação, devem ser atribuídos a este misterioso ente. Seja ele um náufrago, ou um exilado nesta ilha, seríamos ingratos se nos julgássemos desobrigados de reconhecimento para com ele. Contraímos uma dívida, e espero poder pagá-la, mais cedo ou mais tarde!

– Tem toda razão, Cyrus – manifestou-se Spilett. – Sim, nesta ilha, escondido em algum lugar, existe um ser quase onipotente, e cuja influência tem sido útil para a nossa colônia. E direi mais, parece-me que este desconhecido dispõe de meios de ação algo sobrenaturais, se isso fosse possível. Estaria ele em comunicação conosco através do poço do Palácio de Granito, sabendo assim de todos os nossos projetos? Seria ele quem salvou Top de morrer afogado, ou que, ao que tudo indica, retirou Cyrus do mar? Se ele fez tudo isso, então é porque ele possui um poder que o torna capaz de dominar os elementos.

As observações do repórter eram incontestáveis, e todos sentiam assim.

– Exato – disse Cyrus, – e se já não podemos duvidar acerca da intervenção de um ser humano, também não podemos deixar de atribuir-lhe meios de ação superiores àqueles que a humanidade dispõe. Este é o grande mistério, e também a grande questão: devemos respeitar a identidade deste ente generoso, ou devemos fazer o possível para encontrá-lo? O que acham disso?

– Minha opinião é de que este desconhecido é um valente, e merece toda a minha estima! – respondeu Pencroff.

– Também concordo, Pencroff, mas isso não responde a pergunta – disse Cyrus.

– O que eu acho, amo – disse então Nab, – é que podemos procurar a vontade o tal sujeito, mas só o encontraremos quando ele quiser.

– Você disse tudo, Nab – respondeu Pencroff.

– Eu concordo com Nab – disse Spilett. – Mas nem por isso devemos deixar de tentar, porque, quer encontremos este ser misterioso ou não, ao menos teremos cumprido nosso dever para com ele.

– E você, meu filho, qual a sua opinião? – perguntou o engenheiro para Harbert.

– Ah! – exclamou o rapaz, com os olhos brilhando. – Eu gostaria de agradecer a esta alma caridosa, que tanto nos ajudou!

– Eu também, rapaz, eu também! – replicou Pencroff. – Eu não sou curioso, mas daria um olho para ver a cara deste tal sujeito! Eu o imagino alto, bonito, robusto, com uma linda barba, cabelos como se fossem raios de luz, e que deve estar deitado sobre as nuvens, com um grande globo na mão!

– Ora essa, Pencroff, você está descrevendo o retrato do Pai Eterno! – disse Spilett.

– Não digo que ele seja assim, mas é assim que eu o imagino!

– E você, Ayrton? – perguntou Smith.

– Não posso dar opinião sobre isto, senhor Smith. O que o senhor decidir, eu estarei pronto a cumprir.

– Obrigado, Ayrton – tornou Smith. – Desejaria, no entanto, que me desse uma resposta mais direta. Você é nosso companheiro, parte desta colônia, e mais de uma vez provou, sob risco de vida, sua dedicação. Tem direito a ser consultado, como todos os outros, a respeito das nossas decisões. Então, fale.

– Pois bem, senhor Smith – disse então Ayrton. – Acho que não devemos poupar esforços para encontrar o nosso benfeitor. Quem sabe se está só, ou sofrendo? Quem nos diz se não é uma existência que podemos regenerar? Eu também tenho uma dívida enorme para pagar-lhe. Foi graças a ele que vocês me sal-

55

varam de uma vida miserável!... Portanto, é a ele que devo o fato de ser hoje o que sou! E isso eu nunca esquecerei!

– Está decidido – disse então Smith. – Começaremos a busca o quanto antes. Não deixaremos de explorar nem um único ponto da ilha, nem um só recanto. Que o nosso desconhecido amigo nos perdoe se esta busca o ofender!

Durante alguns dias os colonos trataram ativamente dos trabalhos agrícolas, porque antes de pôr em prática o projeto de explorar a ilha, teriam de concluir o que julgavam indispensável. Aquela era a época de colher os legumes provenientes das sementes trazidas da ilha Tabor, havendo muito a ser feito.

Os produtos da colônia estavam metodicamente arrumados no Palácio de Granito, a salvo do ataque de animais ou de homens. No interior daquela massa de granito, não havia que se recear da umidade. Muitas das cavidades naturais do corredor de cima foram ampliadas ou escavadas, quer por meio do ferro quer por meio de minas, e o Palácio de Granito tornou-se um armazém geral onde estavam os víveres, munições, ferramentas sobressalentes, quer dizer, todo o material da colônia.

Quando aos canhões provenientes do brigue, e que eram feitos de belo aço fundido, foram içados até o patamar do Palácio de Granito, a pedido de Pencroff, e colocados entre as janelas. Daquela altura as bocas de fogo dominavam toda a baía da União. O Palácio de Granito era uma pequena fortaleza, e quem fundeasse ali, a pouca distância do ilhéu, ficaria inevitavelmente sob o fogo daquela bateria.

– Senhor Cyrus – disse Pencroff, – agora que o armamento está completo, precisamos experimentá-lo!

– Acha mesmo preciso? – perguntou o engenheiro.

– Digo até que é necessário! Sem isso, como iremos conhecer o alcance de uma dessas balas? – respondeu Pencroff.

– Pois então, vamos experimentar! – disse o engenheiro.

– Acho, no entanto, que devemos fazer tal experiência sem usar pólvora, mas sim piroxila, que nunca nos faltará!

O marinheiro tinha tomado a si a tarefa de cuidar das peças.

– E aquelas peças agüentarão a inflamação da piroxila? – perguntou o repórter, que estava tão ansioso quanto Pencroff para experimentar a artilharia do Palácio de Granito.

– Creio que sim. No entanto – acrescentou o engenheiro, – é sempre bom agirmos com prudência.

O engenheiro tinha razão em dizer que os canhões eram de boa qualidade, já que entendia do assunto. Feitos de aço forjado, carregando-se pela culatra, deviam pela mesma razão poder suportar uma enorme carga e, portanto ser de considerável alcance.

Nem é preciso dizer que os quatro canhões estavam em ótimo estado. Depois de retirados da água, o marinheiro tinha tomado a si a tarefa de cuidar das peças. Quantas horas tinha passado a esfregá-los, untá-los, poli-los, limpando o mecanismo obturador, o fecho, o parafuso de pressão! Tinha conseguido pôr os canhões como se estivessem a bordo de uma fragata da marinha dos Estados Unidos!

Naquele dia, e na presença de todo o pessoal da colônia, inclusive mestre Jup e Top, experimentaram-se os quatros canhões. Carregaram-nos com piroxila, sem esquecer que a força explosiva desta é quatro vezes maior que a da pólvora comum.

Pencroff estava com a mecha em punho, pronto para colocar fogo. A um sinal de Smith, o tiro partiu. A bala passou por cima do ilhéu, indo perder-se ao largo, a uma distância que os colonos não conseguiram calcular com exatidão.

O segundo canhão foi apontado para os últimos rochedos da ponta dos Salvados, e o projétil, batendo numa rocha aguda a uns 4 quilômetros do Palácio de Granito, a fez voar em estilhaços.

Fora Harbert quem apontara e disparara o canhão, e estava muito contente com a experiência. Mais contente do que ele, só Pencroff! Um tiro daqueles, e cujas honras cabiam ao seu querido filho!

O terceiro projétil, atirado contra as dunas que formavam a costa superior da baía da União, bateu na areia a distância não inferior que 7 quilômetros, e fazendo depois ricochete, perdeu-se no mar por entre uma nuvem de espuma.

Para o quarto canhão Cyrus Smith aumentou um pouco mais a carga, a fim de experimentar o maior alcance; depois, afastando-se todos para o caso de ele arrebentar, inflamaram a mecha, servindo-se de um pavio bem comprido.

Ouviu-se então uma detonação enorme, mas o canhão resistiu, e os colonos, encaminhando-se a toda a pressa para a janela, viram o projétil, arrancando pedaços dos rochedos do cabo Mandíbula à distância de 8 quilômetros do Palácio de Granito, ir desaparecer no golfo do Tubarão.

– E então, senhor Cyrus – exclamou Pencroff, exultante, – o que acha da nossa bateria? Agora, qualquer pirata que ousar se postar à frente do Palácio de Granito não desembarcará sem nossa licença!

– Acredito, Pencroff – respondeu Cyrus, – mas espero não termos que colocar isto à prova!

– A propósito – replicou o marinheiro, – o que faremos com estes seis tratantes que vagueiam na ilha? Vamos deixá-los soltos pelos nossos campos, florestas e prados? Estes pilantras são como jaguares, e acho que devemos tratá-los como tais. O que acha, Ayrton?

Ayrton hesitou em responder, e Smith lamentou que Pencroff tivesse feito tal pergunta, e ficou muito comovido ao escutar a humilde resposta de Ayrton:

– Eu fui um desses jaguares, senhor Pencroff, e por isso não tenho direito de falar... – e afastou-se vagarosamente.

– Que estúpido que eu fui! – exclamou Pencroff, compreendendo o que fizera. – Pobre Ayrton! E ele, no fim, tem tanto direito de opinar quanto qualquer outro!...

– Sim – concordou Spilett, – mas sua reserva lhe faz honra, e devemos respeitar o sentimento que ele tem por seu triste passado.

– Tem razão, senhor Spilett, e espero não fazer outra asneira! – respondeu o marinheiro. – Prefiro engolir a língua a causar um desgosto a Ayrton! Mas, voltando à questão, parece-me que estes bandidos não merecem piedade, e que devemos livrar a ilha da presença deles.

— Esta é a sua opinião, Pencroff? – perguntou Cyrus.

— Sim, senhor.

— Não acha melhor deixar que eles façam algo contra nós, antes de partimos contra eles sem dó nem piedade?

— Então não é bastante o que já fizeram? – replicou o marinheiro.

— Eles podem mudar de sentimentos! – disse Smith. – Podem arrepender-se...

— Lembre-se de Ayrton, Pencroff! – disse então Harbert, tomando a mão do marinheiro. – Ele tornou-se um homem honrado!

Pencroff não compreendia a hesitação dos companheiros, e tomava os piratas do *Speedy* por animais ferozes, que precisavam destruir sem remorso.

— Ora, vejam! – disse ele. – Estão todos contra mim! Querem ser generosos com aqueles bandidos! Seja, mas Deus queira que não tenhamos do que nos arrepender!

— E que perigo pode haver – disse Harbert, – se agirmos com cautela?

— Hmmm! – disse o repórter, que não se pronunciara abertamente. – Eles são seis, e bem armados. Basta que um deles se esconda num canto e atire sobre nós para estarem dentro em pouco senhores da colônia!

— E porque não fizeram isso ainda? – perguntou Harbert. – Talvez não achassem conveniente. De resto, somos seis também!

— Pois sim! – replicou Pencroff, que se mantinha firme em sua opinião. – Vamos trabalhar e tratar de deixar essa gente para lá...

— Ora vamos, Pencroff – disse Nab, – não seja tão teimoso! Aposto que se um destes bandidos estivesse sob sua mira, você não dispararia...

— Eu atiraria contra ele como se estivesse vendo um cão danado — limitou-se a dizer friamente Pencroff.

— Mais uma vez pensamos diferente, Pencroff — interrompeu o engenheiro. — Confiará em mim, mais uma vez?

— Farei o que o senhor achar melhor, senhor Cyrus — respondeu o marinheiro, vencido mas não convencido.

— Pois acho que o melhor é esperarmos, e não atacarmos sem sermos atacados!

E foi assim que resolveram o procedimento a ser adotado em relação aos piratas, apesar dos maus agouros de Pencroff. Os colonos concordaram em manter-se alertas, abrindo mão de andar livremente pela ilha, agora que deviam temer os seis degredados que por ali vagavam, e que poderiam ser da pior espécie. No entanto, quem sabe se eles não se regenerariam, diante desta nova vida que se lhes descortinava?

Apesar de tudo, no presente os outros colonos tinham razão e não Pencroff. Continuariam a tê-la de futuro? Era o que se havia de ver.

6

EMBOSCADA

O que mais preocupava os colonos era o desejo de realizar a exploração completa da ilha, como tinham resolvido. Queriam descobrir o ser misterioso, sobre cuja existência já não tinham dúvidas, e ao mesmo tempo descobrir o destino dos piratas, onde haviam se escondido, a vida que estavam levando e, principalmente, se havia motivos de receio.

Smith desejava partir o quanto antes, mas como a expedição iria demorar muitos dias, todos acharam melhor levar a carroça, com os equipamentos necessários para acampar, além dos utensílios que deveriam ajudar na jornada. Pois nesta época não era possível atrelar a carroça a um dos jumentos, que estava ferido numa das pernas, necessitando repouso; por isto, julgaram conveniente atrasar a partida em uma semana, isto é, até 20 de novembro. A ocasião não podia ser mais propícia, porque o tempo apresentava-se firme, e mesmo que a expedição não lograsse atingir seus objetivos, prometia ser fecunda em descobertas, principalmente no que dizia respeito a produções naturais, já que Smith pretendia explorar toda a floresta de Faroeste, até o extremo da península Serpentina.

Trataram de aproveitar os últimos dias antes da expedição terminando as obras e trabalhos do platô da Vista Grande.

Entretanto, a presença de Ayrton no curral se fazia necessária, já que os animais precisavam de tratamento e cuidados. Decidiu-se então que ele fosse passar lá dois dias, voltando ao Palácio de Granito depois de deixar o curral provido de todo o necessário.

No momento em que o ex-contramestre ia partir, Cyrus sugeriu-lhe levar alguém junto, já que agora a ilha não era tão segura quanto antes. Ayrton, porém, achou desnecessário, porque podia dar conta do trabalho, e também porque nada receava. E se algo acontecesse no curral, ele preveniria os companheiros por meio do telégrafo.

E Ayrton partiu na madrugada do dia 9, levando um jumento atrelado à carroça. Duas horas depois, ele comunicava que encontrara o curral na mais perfeita ordem.

Durante aqueles dois dias, Smith tratou de pôr em prática o seu projeto para colocar o Palácio de Granito a salvo de qualquer ataque. O projeto era antigo, e consistia em dissimular completamente o orifício superior do antigo escoadouro, que já estava tapado com cal e areia, e semi-oculto por ervas e plantas no ângulo sul do lago Grant. A coisa era fácil, porque bastaria elevar um metro ou pouco menos das águas do lago, ficando o orifício completamente submerso.

Ora, para conseguir a elevação do nível desejado, bastava construir um tapume em cada uma das aberturas das margens do lago de onde fluíam o riacho Glicerina e o da Queda. Os demais colonos foram convidados pelo engenheiro para a execução desta obra, e os dois tapumes, que não tinham mais do que 2 metros de largura, por 4 de altura, foram rapidamente construídos por meio de grandes fragmentos de rochedos bem cimentados.

Depois deste trabalho concluído, era impossível suspeitar que na ponta do lago existisse um canal subterrâneo por onde outrora só derramava o excedente das águas.

A pequena quantidade de água destinada a alimentar o reservatório interno do Palácio de Granito, e para manobrar o elevador ficou correndo pela mesma via, de forma que dentro do Palácio de Granito não haveria falta de água. E assim, levantado o elevador, esta segura e cômoda habitação ficaria pronta a desafiar qualquer surpresa ou ataque imprevisto.

Tudo isto foi feito com rapidez, e os colonos ainda tiveram tempo de ir até o porto Balão. É que Pencroff tinha vontade de saber se a pequena enseada, na qual estava ancorado o *Bonadventure* fora ou não visitada pelos piratas.

– Como estes bandidos puseram pé em terra exatamente na costa meridional, é de recear que, se seguiram litoral afora, descobrissem nosso porto de abrigo.

E como as apreensões de Pencroff tinham seu fundamento, todos concordaram em vistoriar o porto. Partiram na tarde de 10 de novembro, muito bem armados.

Nab acompanhou-os até a volta do rio, e depois deles passarem, levantou a ponte. O sinal que ficou combinado para anunciar o regresso dos colonos foi um tiro, e assim que Nab o escutasse, viria restabelecer comunicação entre as duas margens do rio.

Os três viajantes avançaram direto pela estrada do porto em direção à costa meridional da ilha. A distância era de pouco mais de cinco quilômetros, apesar de levarem mais de duas horas a percorrê-la. Mas também exploraram e esquadrinharam a área da estrada, não encontrando vestígios, porém, dos fugitivos.

Assim que chegaram ao porto Balão, Pencroff teve a alegria de ver o *Bonadventure* tranqüilamente fundeado no seu acanhado abrigo. De resto, o porto estava tão bem oculto no meio das elevadas penedias que o circundavam, que era quase impossível descobri-lo.

– Ora vamos – disse Pencroff, – parece que os tratantes não passaram por aqui. Os répteis se dão melhor nas ervas altas; é quase certo que vamos encontrá-los na floresta de Faroeste.

– É bom que seja assim, porque se eles tivessem encontrado o *Bonadventure* – acrescentou Harbert, – teriam se apoderado dele para fugir, e nós ficaríamos sem poder voltar tão cedo à ilha Tabor.

– E é imprescindível que deixemos lá um bilhete, informando que estamos na ilha Lincoln, e que Ayrton se encontra conosco, no caso do iate escocês vir resgatá-lo! – lembrou o repórter.

– Pois senhor Spilett, aqui está o Bonadventure! – replicou o marinheiro. – E tanto ele, quanto sua tripulação, estamos prontos para partir ao primeiro comando!

– Isto é algo que devemos tratar tão logo terminemos de explorar a ilha, Pencroff. É possível que o tal desconhecido, se o encontrarmos, possa nos dizer muita coisa não só sobre a ilha Lincoln, mas também sobre a ilha Tabor. Não devemos nos esquecer de que é ele o autor do documento que encontramos, e que talvez saiba a época exata em que o iate deve regressar!

– Mas, com trezentos mil diabos! – exclamou Pencroff. – Quem será este sujeito? Ele nos conhece, mas nós não o conhecemos! Se for um simples náufrago, porque razão se esconde? Somos decentes, e conviver conosco não pode ser assim tão desagradável! Estaria ele aqui por vontade própria? Será que ele sai da ilha quando bem lhe convier? Ainda estará aqui, ou já se retirou?

Conversando, Pencroff, Harbert e Spilett tinham entrado a bordo da embarcação, cujo convés então percorriam. De repente o marinheiro, ao examinar as cordas da âncora, exclamou:

– Esta é nova! O caso é mais que extraordinário!

– O que foi, Pencroff?

– Não fui eu quem deu este nó! – disse Pencroff, mostrando as amarras.

– Como assim, não foi você? – perguntou Spilett.

– Não fui eu, juro! Este nó é chato, e os que eu costumo fazer são de duas laçadas.

– Quem sabe se enganou, Pencroff.

– Não há engano! – exclamou o marinheiro.

– Será que os piratas vieram a bordo? – perguntou Harbert.

– Não sei – respondeu Pencroff, – o certo é que alguém levantou o ferro do *Bonadventure* e que o tornaram depois a ancorar! Digo e repito, alguém se serviu de nossa embarcação!

– Mas se os piratas a tivessem usado, teriam-na saqueado, ou mesmo fugido...

65

– Fugido?... – replicou Pencroff. – E para onde?... para a ilha Tabor?... E eles iriam se arriscar num barco tão pequeno?

– De mais a mais, teriam que saber da existência da ilhota – esclareceu o repórter.

– Seja lá como for – disse o marinheiro, – é tão verdade o nosso *Bonadventure* ter navegado sem nós como eu ser *Boaventura* Pencroff, de Vineyard.

O marinheiro estava tão certo disso, que nem Spilett nem Harbert se atreveram a contestar o que ele dizia. Parecia evidente que a embarcação fora mexida. Mas, se os piratas não a tinham saqueado, nem escapado com ela, o que teriam feito então?

– Mas como o *Bonadventure* teria passado em frente da ilha sem que nós o víssemos? – advertiu o repórter, que desejava formular todas as objeções possíveis.

– Ora, senhor Spilett – respondeu o marinheiro, – bastava que saísse de noite, com um vento fresquinho, que em duas horas estava fora do alcance de vista da ilha!

– Muito bem – disse Spilett. – Mas torno a perguntar, para que os piratas o usaram, e porque o trouxeram para o porto novamente, depois de tê-lo usado?

– Não sei, senhor Spilett – respondeu o marinheiro. – Vamos considerar este caso como inexplicável, e não vamos mais pensar em tal! O que importava era que o *Bonadventure* estivesse aqui, como está. Agora, é impedir que os bandidos peguem o barco novamente.

– Talvez fosse melhor levar o *Bonadventure* para frente do Palácio de Granito – disse Harbert.

– Não Harbert – respondeu Pencroff. – A foz do Mercy não serve como ancoradouro. E como vamos sair para uma expedição demorada, acho que o *Bonadventure* ficará mais seguro aqui do que lá, durante nossa ausência. É melhor deixá-lo aqui.

– Concordo – disse o repórter. – E aqui, ao menos, o barco não ficará tão exposto a um temporal como ficaria, estando na foz do Mercy.

– E se os piratas vierem aqui novamente? – indagou Harbert.

– Se não o encontrassem aqui, meu rapaz, iriam procurá-lo para as bandas do Palácio de Granito, e estando ausentes, nada poderíamos fazer. O melhor, como já disse o senhor Spilett, é deixar o barco aqui mesmo. Quando voltarmos, porém, se ainda não tivermos desembaraçado a ilha dos tais tratantes, talvez seja prudente levar nosso barco para perto do Palácio de Granito, e tê-lo ali até o momento em que não precisemos mais recear por visitas inesperadas.

– Muito bem! Vamos embora! – disse o repórter.

Assim que chegaram em casa, os três trataram de comunicar a Smith tudo o que tinha acontecido, e o engenheiro aprovou a resolução tomada por eles, prometendo ao marinheiro que iria estudar a parte do canal situada entre o ilhéu e a costa, a fim de ver se seria ou não possível fazer ali um porto artificial, por meio de paredões. Assim, o Bonadventure ficaria sempre à mão, sob as vistas dos colonos, e bem protegido.

Naquela noite, telegrafaram para Ayrton, pedindo-lhe que trouxesse do curral um casal de cabras que Nab pretendia aclimatar nos prados do platô. Mas Ayrton não telegrafou em resposta, o que causou certa admiração aos colonos. Mas, como já havia dois dias que Ayrton partira, podia ser que ele estivesse já regressando ao Palácio de Granito.

Os colonos esperaram, pois, que Ayrton aparecesse no platô da Vista Grande, e Nab e Harbert ficaram de vigia nas proximidades da ponte, para descê-la assim que o companheiro chegasse.

Mas já eram dez da noite, e nada de Ayrton. Os colonos então julgaram conveniente telegrafar novamente para Ayrton, pedindo resposta imediata, mas o telégrafo no Palácio de Granito continuou mudo.

Começaram então a se inquietar. O que teria acontecido? Será que Ayrton ainda estava no curral, ou teria sido capturado

67

pelos bandidos? Seria conveniente ir até o curral naquela noite tão escura? Tudo isto os colonos discutiram, sendo que uns achavam que se devia partir, e outros que se devia esperar.

– E se o telégrafo estiver com algum problema, impedindo seu funcionamento? – lembrou Harbert.

– Pode ser – retorquiu o repórter.

– Vamos esperar até amanhã – concluiu Smith. – É possível que Ayrton não tenha recebido nosso telegrama, ou mesmo que nós não tenhamos recebido sua resposta.

E esperaram, com grande ansiedade. Ao amanhecer do dia 11 de novembro, Smith tornou a telegrafar para o curral, mas ainda não obteve resposta. Repetiu a operação, sem resultados.

– Vamos para o curral! – disse então.

– E bem armados! – acudiu Pencroff.

Combinaram de não deixar o Palácio de Granito abandonado, e decidiram deixar Nab lá. Ele os acompanharia até o riacho Glicerina para levantar a ponte, e ficaria ali emboscado atrás das árvores até que eles ou Ayrton retornassem.

No caso dos piratas aparecerem ali, e tentar atravessar o rio, Nab deveria detê-los a tiros, e então refugiar-se no Palácio de Granito, onde estaria em perfeita segurança.

Smith, Spilett, Harbert e Nab resolveram ir direto para o curral, e caso não encontrassem Ayrton, buscariam nas matas circunvizinhas.

Pouco depois das seis da manhã o grupo já tinha passado o riacho Glicerina, e Nab estava postado atrás de uma grande árvore, na margem esquerda do riacho.

Os colonos, saindo do platô da Vista Grande, foram direto para o curral, de armas a postos e carregadas, prontos a abrir fogo ao menor sinal de hostilidade. O mato de ambos os lados da estrada era basto, e podia facilmente ocultar os bandidos, que possuíam boas armas, e eram adversários temíveis.

O pequeno grupo caminhava depressa e em silêncio. Top ia adiante, ora correndo pela estrada, ora dentro do mato, mas sempre calado, e sem dar o menor sinal de inquietação. E os colonos podiam contar com o fiel animal, que não se deixaria surpreender pelo inimigo, ladrando ao menor sinal de perigo.

Enquanto caminhavam, Cyrus e os companheiros iam conferindo os fios do telégrafo. Ainda não tinham encontrado problema algum, até chegarem ao posto 74, diante do qual Harbert parou, exclamando:

– O fio está partido!

Estava explicada a falha na comunicação entre o curral e o Palácio de Granito: o poste havia caído!

– Nada! Este poste não caiu por causa do vento – advertiu Pencroff.

– Tem razão – concordou Spilett. – Cavaram o chão junto à base do poste!

– E o fio, está rompido! – acrescentou Harbert, mostrando as duas extremidades do fio de ferro, que fora violentamente quebrado.

– Teria sido partido recentemente? – indagou Smith.

– Creio que sim – respondeu Harbert. – Parece que foi coisa de pouco tempo!

– Para o curral! Para o curral! – gritou o marinheiro.

Os colonos, que ainda estavam na metade do caminho, começaram a correr.

Era mesmo para se temer que houvesse acontecido algo de grave no curral, mesmo porque, as únicas pessoas que teriam motivos para interromper o contato entre o curral e o Palácio de Granito, eram os piratas!

Em vista disso, os colonos corriam com o coração apertado. Todos eles tinham sincera afeição pelo novo companheiro, e temiam encontrá-lo ferido pelas mãos daqueles que já tinham sido seus companheiros, seus subordinados!

Daí a pouco os colonos chegaram ao lugar onde a estrada seguia à beira do pequeno regato que derivava do riacho

Vermelho, e que irrigava os prados do curral. Tinham moderado o passo, para não estarem cansados demais se tivessem que combater. Espingardas em punho, cada colono vigiava uma parte da floresta. Top ia rosnando surdamente, o que não era de bom agouro.

Viram então a paliçada, mas não parecia haver nada de anormal ali. A porta estava fechada, como de costume. No curral reinava o mais profundo silêncio, não se escutando nem os balidos dos carneiros selvagens, nem a voz de Ayrton.

– Vamos entrar! – comandou Smith.

E o engenheiro avançou, enquanto os companheiros davam-lhe cobertura, prontos a abrir fogo.

Smith levantou o fecho do portão, e ia abrir uma das portas quando Top ladrou com força. Ouviu-se uma detonação por cima da paliçada, seguida por um grito de dor.

Harbert caíra ferido por uma bala!

Harbert caíra, ferido por uma bala.

7

NO CURRAL

Ao escutar o grito de Harbert, Pencroff deixou cair a arma, correndo ao seu encontro:

— Mataram meu filho! Mataram meu filho!

Cyrus e Spilett também tinham corrido para lá, e o repórter já auscultava o coração do pobre rapaz.

— Está vivo, mas precisamos transportá-lo já...

— Para o Palácio de Granito? Impossível — respondeu o engenheiro.

— Então, para o curral! — exclamou Pencroff.

— Esperem um instante — disse Smith.

E correu para a esquerda, no intuito de rodear o curral. Do outro lado da paliçada, porém, deu de cara com um dos piratas, que atirou contra ele. Poucos segundos depois, e antes que o bandido tivesse tempo de disparar novamente, ele caía com o coração atravessado pelo punhal de Smith, arma ainda mais segura que sua espingarda.

Neste meio tempo, Spilett e Pencroff trepavam pelos cantos da paliçada, saltando para dentro do curral, e arrancavam os troncos que impediam o portão de abrir. Correram então para dentro da casa, mas a encontraram vazia. Dentro em pouco o pobre Harbert já repousava na cama de Ayrton. Instantes depois, Smith juntava-se ao ferido.

A dor do marinheiro ao ver Harbert naquele estado foi terrível. Ele chorava e soluçava descontroladamente, e nem

Smith ou Spilett conseguiram acalmá-lo, porque também sentiam-se desconsolados, e mal podiam falar.

No entanto, tudo fizeram para tentar salvar o pobre rapaz, que agonizava diante deles. Spilett, que já passara por muitas coisas durante sua vida, tinha alguns conhecimentos de medicina, e tentou agir da melhor maneira, auxiliado por Cyrus.

A princípio o repórter ficou um tanto impressionado com o estado do enfermo. Harbert tinha perdido toda a cor do rosto, e o pulso estava tão fraco que Spilett mal o sentia bater. Os dois improvisados enfermeiros começaram por colocar o peito de Harbert a descoberto, e depois de lhe estancarem o sangue com os lenços, lavaram-lhe a ferida com água fria.

A ferida então apareceu. Era um buraco oval na região direita do peito, entre a terceira e a quarta costela. Era ali que Harbert tinha sido alvejado. Smith e Spilett então o viraram de costas, e Harbert soltou um gemido tão débil, que parecia ter sido seu último suspiro. Nas costas de Harbert havia outra ferida, por onde a bala havia saído.

– Louvado seja Deus – disse o repórter, – a bala não ficou dentro, e assim não precisamos extraí-la.

– O ferimento atingiu o coração?... – perguntou Cyrus, receoso.

– Não, senão ele já estaria morto!

– Morto! – exclamou Pencroff, soltando uma espécie de rugido.

– Não, Pencroff, não – acalmou-o Cyrus, – ele não está morto! Ainda se percebe o pulso, e ele até gemeu agora a pouco! Para o bem do próprio Harbert, é melhor que você se acalme. Precisamos ter toda a nossa presença de espírito, meu amigo!

Pencroff calou-se então, e começou a chorar como uma criança.

Enquanto isso, Spilett procurava lembrar-se de seus rudimentos de medicina. Não tinha dúvidas de que a bala varara o

73

peito do rapaz, mas não sabia os estragos que causara, nem se atingira algum órgão vital. Estas perguntas seriam difíceis para qualquer cirurgião de profissão, quanto mais para o repórter. Contudo, ele sabia que devia prevenir-se contra a inflamação das partes lesadas. Mas como combater a inflamação?

Spilett tratou de pensar as duas feridas, lavando-as com água fria, e deixou Harbert deitado sobre o lado esquerdo, como ele já estava.

– Não convém que se mova – disse Spilett. – Assim está na posição mais favorável para que as feridas das costas e do peito possam se curar livremente. Além disso, ele precisa de repouso absoluto.

– O que? Não poderemos transportá-lo para o Palácio de Granito? – perguntou Pencroff.

– Não, infelizmente – respondeu o repórter.

– Malditos sejam! – exclamou o marinheiro.

Spilett voltara a observar o ferido com a maior atenção. Harbert ainda estava terrivelmente pálido, o que deixou o repórter aflitíssimo.

– Cyrus – disse ele então, – eu não sou médico... e estou me sentindo perdido... Recorro ao seu conselho, à sua experiência!...

– Sossegue, amigo – respondeu o engenheiro. – Acalme-se e pense que o importante é salvar Harbert!

Estas palavras foram suficientes para acalmar Spilett, e mostrar-lhe a enorme responsabilidade que pesava em seus ombros. Ele então sentou-se à cabeceira do ferido, enquanto Pencroff fazia compressas com sua própria camisa.

O repórter então explicou a Smith que a primeira coisa a fazer era suspender a hemorragia, mas não fechar as duas feridas, nem provocar-lhes a pronta cicatrização, porque tendo havido lesão interior, não convinha, de modo algum, deixar acumular no peito do enfermo o resultado da supuração.

Smith concordou com o procedimento, e ambos pensaram novamente as feridas, sem fechá-las. Mas, e depois? Possuiriam eles algum medicamento eficaz para reagir contra a inflamação que certamente viria?

Tinha sim! Tinham um, porque a natureza é pródiga dele.

Tinham água fria, que é o mais poderoso sedativo que se pode usar contra a inflamação das feridas, o agente terapêutico mais eficaz para os casos graves. Assim, Spilett e Smith, guiados pelo simples senso comum, aplicaram às feridas de Harbert simples compressas de pano, embebidas em água fria.

O marinheiro tratou de acender a lareira da habitação, onde nada faltava à sobrevivência. Havia açúcar de bordo e plantas medicinais, daquelas mesmas que o infeliz rapaz colhera nas margens do lago Grant, e com elas se fizeram bebidas frescas para o enfermo, que as tomou sem dar por isso. O ferido tinha muita febre; e não voltou a si durante o dia e à noite. A vida de Harbert estava por um fio...

No dia seguinte, Smith e seus companheiros começaram a alimentar algumas esperanças. Harbert saíra do estado letárgico no qual jazia há tantas horas. Abriu os olhos e reconheceu seus companheiros, que lhe pediram repouso absoluto, acalmando-o com relação aos seus ferimentos. Harbert, de resto, quase não sentia dores, e as compressas estavam se mostrando eficientes quanto a impedir a inflamação. A supuração começava a aparecer de modo regular, a febre não aumentou, e era de esperar que tanto sofrimento tivesse um final feliz. Pencroff sentia-se mais e mais aliviado, plantado ao lado de Harbert como teria feito uma mãe. E quando Harbert tornou a cair em sonolência, seu sono já era mais sossegado.

— Estou mais esperançoso, senhor Spilett! — disse Pencroff. — Mas diga de novo que vai salvar Harbert!

— Sim, Pencroff, vamos salvá-lo! — tranqüilizou-o o repórter. — O ferimento é grave, mas não mortal!

— Deus o ouça! — tornou Pencroff.

Durante aquelas 24 horas que os colonos estavam no curral, não haviam pensado em outra coisa senão salvar

Harbert. Não se preocuparam com o perigo que corriam se os piratas voltassem a atacar, e nem sequer tinham se lembrado de se precaverem.

Naquele dia, porém, enquanto Pencroff velava à cabeceira do doente, Cyrus e o repórter conversavam sobre quais atitudes tomar.

Começaram por percorrer o curral, onde não encontraram vestígio de Ayrton. Teriam os antigos cúmplices levado o pobre? Teriam lutado, e eles mataram Ayrton? Esta última hipótese era a mais provável. Spilett, no momento em que escalava a paliçada, vira um dos piratas fugindo pelo contraforte sul do monte Franklin, atrás do qual Top correra.

O curral não sofrera devastação alguma. As portas estavam fechadas, os animais recolhidos, e não se via indícios de luta nem sequer na habitação. Só as munições de Ayrton haviam desaparecido junto com ele.

– O pobre foi decerto surpreendido – disse Smith, – e deve ter tentado se defender. Talvez tenha morrido na luta!

– É o que receio! – respondeu o repórter. – É certo que os piratas se instalaram no curral, que acharam bem provido, e só fugiram quando chegamos.

– Precisamos explorar a floresta – disse o engenheiro, – e limpar a ilha destes miseráveis. Pencroff estava certo, quando disse que devíamos caçá-los como a animais ferozes. Isto teria nos poupado grandes desgostos!

– E agora – acrescentou o repórter, – temos todo o direito de tratá-los sem piedade.

– Em todo o caso, somos obrigados a ficar aqui no curral um tempo, até que Harbert possa ser transportado.

– E Nab? – perguntou o repórter.

– Ele está em segurança.

– E se ele ficar inquieto com nossa ausência, e tentar vir nos encontrar?

– É preciso que ele não venha! – respondeu Cyrus, vivamente. – Seria assassinado no caminho! Se o telégrafo ainda funcionasse, poderíamos preveni-lo, mas agora... É impossível! Também não podemos deixar Pencroff e Harbert aqui, sozinhos!... Eu irei até o Palácio de Granito.

– Não, Cyrus, não! Você não vai se expor assim! Seu ato corajoso de nada nos serviria. Aqueles bandidos devem estar vigiando o curral, emboscados na mata... Não quero ter que lamentar duas desgraças, ao invés de uma...

– Mas, e Nab? Ele não tem notícias nossas há mais de um dia. Certamente virá nos procurar. E não estando prevenido, certamente será aprisionado, ou assassinado!

E o engenheiro pensava num modo de avisar a Nab sobre os acontecimentos, quando viu Top, andando de um lado para o outro, como se quisesse dizer "eu estou aqui!".

– Top! – exclamou Cyrus.

O animal atendeu prontamente ao chamado do dono.

– Sim, Top! – gritou o repórter, percebendo a intenção do amigo. – O cão poderá passar por onde nós não passaríamos! Levará notícias nossas, e trará notícias de Nab!

– Depressa! – disse Cyrus. – Depressa!

Spilett arrancou uma folha do bloco e escreveu um bilhete simples, onde dizia tudo o que Nab precisava saber: "Harbert ferido. Estamos no curral. Previna-se. Não saia de casa. Os piratas apareceram por aí? Mande resposta por Top."

Enfiando o bilhete na coleira de Top, de forma a ficar bem visível, o engenheiro então disse:

– Top, procure Nab! Vá, Top, vá!

Top saltou ao escutar estas palavras. Compreendia o que queriam dele. O caminho do curral era seu conhecido. Em menos de meia hora poderia transpor a distância, embrenhando-se pela orla do bosque, onde passaria despercebido. E quando o engenheiro abriu o portão, o valente ani-

77

mal correu, desaparecendo de vista logo.

– Ele vai chegar lá! – disse o repórter.

– E certamente irá voltar, o fiel animal!

– Que horas são? – perguntou Spilett.

– Dez horas.

– Daqui a uma hora poderemos começar a aguardar seu retorno.

Fecharam a porta do curral, e entraram em casa. Harbert estava num torpor profundo, e Pencroff trocava suas compressas. Spilett, vendo que nada podia fazer pelo doente no momento, tratou de preparar alguma comida, sempre atento para não ser pego de surpresa pelos piratas.

Os colonos esperavam a volta de Top com ansiedade. Pouco antes das onze horas, Smith e Spilett colocaram-se atrás da porta, carabinas em punho, pronto para abri-la ao primeiro latido do cão. Estavam convencidos de que, se o cão conseguisse chegar ao Palácio de Granito, Nab o mandaria de volta.

Estavam ali há dez minutos quando escutaram um tiro, seguido de latidos repetidos. O engenheiro abriu a porta, disparando na direção de onde tinha vindo o tiro. Quase no mesmo instante, Top saltou para dentro do curral, e a porta foi fechada depressa.

– Top! Top! – dizia Cyrus, fazendo festa para o belo animal, e tirando o bilhete que ele trazia na coleira, e que dizia simplesmente:

"Nada de piratas por aqui. Não sairei. Pobre senhor Harbert!"

8

A RECUPERAÇÃO DE HARBERT

Os piratas continuavam ali perto, vigiando o curral, decididos a matarem os colonos, um após o outro! Não havia outro remédio senão tratá-los como feras, mas tomando-se as precauções necessárias, porque os miseráveis estavam agora em vantagem, já que não podiam ser vistos.

Smith tratou de arranjar maneira de viver no curral, onde havia provisões o bastante para um bom tempo. A casa de Ayrton tinha tudo o que era necessário para a sobrevivência, e os piratas, assustados com a chegada dos colonos, não tiveram tempo de destruí-la. Spilett acreditava que as coisas tinham se passado da seguinte forma: os seis piratas desembarcados na ilha tinham seguido o litoral sul, e depois de terem percorrido as duas margens da península Serpentina, não se acharam com ânimo de se aventurar na floresta de Faroeste, e tinham-se encaminhado para a foz do rio da Queda. Chegando ali, subindo pela margem direita do rio, tinham chegado aos contrafortes do monte Franklin, entre os quais é natural que procurassem abrigo, e em breve descobriram o curral, surpreendendo Ayrton, e apoderando-se do infeliz e... o resto é fácil de adivinhar.

Agora os piratas, reduzidos a cinco, mas bem armados, vagueavam pelos bosques, e atrever-se a ir ali era arriscar-se a levar um tiro.

– Vamos esperar, não há mais nada a fazer! – repetia Smith. – Quando Harbert estiver curado, organizaremos uma batida geral na ilha e venceremos estes bandidos. Esse será o objetivo principal da nossa expedição, e ao mesmo tempo...

– Procuraremos nosso misterioso protetor – completou Spilett. – Meu caro Cyrus, precisamos confessar que este tal misterioso protetor esqueceu-se de nós no momento em que mais precisávamos dele.

– Ora, quem sabe? – respondeu o engenheiro.

– Como assim?

– Quem sabe, sim. Esta batalha ainda não terminou, e quem sabe se ele ainda não vai exercer sua benfazeja influência? Mas a questão agora é outra: salvar Harbert.

E era isto o que mais preocupava os colonos.

Passaram-se os dias, e o estado do rapaz, felizmente, não se agravou. Ora, em tal gênero de enfermidade, ganhar tempo já não era pouco. A inflamação não se espalhara, a febre cedera e o doente continuava em rigorosa dieta, além de repouso.

Smith, Spilett e Pencroff mostravam-se bem jeitosos para curar a ferida do pobre enfermo. A roupa branca da habitação fora toda consumida. As feridas de Harbert estavam sempre com compressas, nem apertadas nem largas de mais, auxiliando ainda mais na sua recuperação.

Ao final de dez dias, Harbert estava sensivelmente melhor e já começava a comer alguma coisa. As cores do rosto iam retornando, e o ferido já olhava sorrindo para seus bondosos enfermeiros.

Até já conversava um pouco, apesar dos esforços de Pencroff para impedi-lo, falando todo o tempo e contando histórias inverossímeis. Harbert perguntava sempre por Ayrton, e como achava que ele estava no curral, estranhava não vê-lo nunca. O marinheiro, porém, não queria afligir o rapaz, e dizia-lhe que Ayrton tinha ido ajudar Nab na defesa do Palácio de Granito.

– E os piratas? O que me dizem? – falava Pencroff. – Ainda vamos ter piedade para com eles? E o senhor Smith querendo ver algo de bom neles... Vamos meter-lhes chumbo!

80

– Eles não apareceram de novo? – perguntou Harbert.

– Não, filho – respondeu o marinheiro. – Mas fique descansado, que nós os encontraremos, e você trate de ficar bom!

– Ainda estou muito fraco, meu caro Pencroff!

– Deixe estar que as forças virão! Ora, o que vale uma bala que atravessa o peito? É uma brincadeira! Passei por piores e estou aqui, inteiro.

As coisas pareciam ir correndo bem, e a cura de Harbert já era certa. Os colonos nem gostavam de pensar se o estado do rapaz tivesse complicado, ou se fosse preciso amputar-lhe um braço ou uma perna!

– Só de pensar nisso, eu estremeço – dizia muitas vezes Spilett.

Apesar da melhora de Harbert, Cyrus começava a pensar que a sorte os estava abandonando. Dois anos já haviam se passado desde que tinham saído de Richmond, e desde então, tudo havia corrido admiravelmente. A ilha era abundante em minerais, vegetais e animais, e se a natureza fora sempre pródiga com eles, também eles tinham sabido tirar proveito de tudo quanto o conhecimento científico lhes oferecia.

O bem-estar material da colônia era completo. E, além disso, em todas as circunstâncias graves, aquele ser misterioso os havia ajudado.

Mas tanta bem-aventurança não poderia durar para sempre! Os piratas surgiram, e apesar da destruição milagrosa do navio, seis haviam escapado, e encontravam-se na ilha sem que os colonos pudessem prendê-los. Ayrton provavelmente fora assassinado por aqueles bandidos, que quase haviam matado Harbert também. Seriam aqueles os primeiros golpes com que a fortuna adversa queria experimentar os colonos? Era o que Cyrus se perguntava! E era isto que ele comentava com o repórter. Ambos achavam que a intervenção singular que até então os tinha ajudado, começava a faltar-lhes. Teria por acaso o misterioso ser sucumbido também?

81

Estas perguntas não tinham respostas possíveis. Mas não se imagine que Cyrus Smith e seus companheiros estavam desesperados, porque este não era seu feitio. O que eles queriam era antecipar-se à situação, analisar todas as probabilidades possíveis, a fim de estarem preparados para tudo, firmes e inabaláveis para o que estivesse para acontecer, prontos para enfrentar os golpes da adversidade como homens preparados para o combate.

9

UM FARRAPO DE PANO

A convalescença de Harbert ia caminhando satisfatoriamente. Agora, os colonos só desejavam que o seu estado permitisse transportá-lo para o Palácio de Granito. A casa do curral, apesar de confortável e bem provida, não se comparava com o Palácio de Granito, que também tinha a vantagem de ser mais segura. Ali, os colonos não teriam que preocupar-se com coisa alguma. Assim, eles esperavam com impaciência o momento em que pudessem transportar Harbert sem perigo.

Não tinham notícias de Nab, mas isso não os preocupava. Sabiam que ele estava seguro nas profundezas do Palácio de Granito, e que não era homem de se deixar apanhar desprevenido. Não tinham lhe mandado Top novamente, julgando ser inútil expor o fiel animal a receber algum tiro, o que os privaria de um grande amigo e útil auxiliar.

Mas eles ansiavam por encontrarem-se novamente sob o teto acolhedor do Palácio de Granito, reunidos novamente. Custava ao engenheiro ver suas forças divididas, o que trazia proveito somente aos piratas. Desde que Ayrton desaparecera, ficaram reduzidos a quatro contra cinco, porque Harbert estava ainda fraco, e também aflito, por achar que estava sendo um peso para os companheiros.

A decisão sobre o que se fazer com os piratas foi tomada no dia 29 de novembro entre Smith, Pencroff e Spilett, no momento em que Harbert, adormecido, não podia escutar o que diziam:

— Amigos — disse o repórter, — depois de terem falado sobre Nab e da impossibilidade de comunicarem-se com ele, eu acho que se formos pela estrada do curral, estaremos nos arriscando a levar um tiro, sem poder talvez revidar. Vocês não acham que o melhor é sairmos e caçarmos logo estes miseráveis?

— Eu também penso assim — respondeu Pencroff. — Nós, pelo menos assim eu suponho, não somos gente de ter medo de uma bala, e cá da minha parte, se o senhor Cyrus não achar o contrário, estou pronto a meter-me pela floresta! Com mil diabos! Será um contra um!

— Eles são cinco! — lembrou o engenheiro.

— Vou eu e Pencroff — disse então o repórter, — e indo os dois bem armados, acompanhados de Top...

— Ora, meus caros, vamos discutir isso seriamente. Se os piratas estiverem escondidos num local conhecido, e se tratasse apenas de fazê-los sair do covil, eu entenderia o ataque direto. Mas nesta situação em que estamos, não receiam que eles possam atirar primeiro?

— Ora, senhor Cyrus, nem toda bala acerta o alvo! — exclamou Pencroff.

— Mas a que feriu Harbert não errou, Pencroff — respondeu o engenheiro. — De mais a mais, se saírem do curral, eu ficarei aqui sozinho para o defender. Quem garante que os piratas, ao vê-los saírem, não virão atacar o curral, sabendo que aqui está apenas um homem e um rapaz ferido?

— Tem razão, senhor Cyrus, tem razão — disse Pencroff, com o peito oprimido por uma raiva surda. — Eles vão fazer de tudo para retomar a posse do curral, pois sabem que aqui há provisões. E o senhor, sozinho, não conseguirá resistir. Ah! Se estivéssemos no Palácio de Granito!

— Lá a situação seria outra! Eu não receFaria em deixar Harbert sozinho com qualquer um de nós, enquanto os outros iriam esquadrinhar os arredores. Mas estamos no curral, e não há outro remédio senão ficarmos todos juntos, até podermos sair todos juntos!

84

Cyrus tinha razão, e seus companheiros acataram a decisão.

– Se ao menos ainda contássemos com Ayrton! – disse Spilett. – Pobre homem, durou pouco sua fase de regeneração social!

– Se é que ele morreu!... – acrescentou Pencroff, com voz singular.

– Tem esperança de que ele tenha sido poupado? – perguntou Spilett.

– E se eles tivessem interesses em comum?

– Ora! Você está pensando que Ayrton, ao encontrar-se com os seus companheiros, esqueceu-se de tudo quanto nos deve?...

– Quem sabe? – respondeu o marinheiro, que só depois de muito hesitar se arriscava a formular tão desagradável suposição.

– Meu caro Pencroff – disse Cyrus, – esse pensamento não é digno de sua bondade, e me aflige falando assim! Eu não tenho dúvidas sobre a fidelidade de Ayrton!

– Eu também – acrescentou o repórter enfaticamente.

– Sim! Sim! Senhor Cyrus... não tenho razão, reconheço; de fato, tive este mau pensamento, sem haver nada que o justifique! É que estou tão agitado, tendo que ficar preso aqui neste curral, sem ter como agir...

– Um pouco de paciência, Pencroff – advertiu o engenheiro. – Daqui a quanto tempo acha que poderemos transportar Harbert, Spilett?

– Não sei, Cyrus. A menor imprudência é capaz de trazer conseqüências funestas. Mas, enfim, como a convalescença vai evoluindo bem, dentro de uns oito dias podemos tentar...

Oito dias! Então, só regressariam ao Palácio de Granito no começo de dezembro!

Naquela época a primavera já tinha dois meses. O tempo estava lindo, e começava a esquentar. As florestas da ilha estavam se renovando, e já se aproximava a época da colheita. Havia muito trabalho agrícola a ser feito no platô da Vista Grande, e que só seria interrompido por conta da projetada expedição.

Em vista disso, é fácil compreender quão prejudicial seria para os colonos o confinamento no curral. Mas precisavam curvar-se perante a dura lei da necessidade, mas não o faziam sem demonstrar impaciência.

Uma ou duas vezes o repórter ainda se arriscou a caminhar pela estrada do curral, dando uma volta em torno da paliçada. Levava consigo Top, e ia de carabina apontada, pronto para o que desse e viesse.

Nestas poucas e curtas saídas, Spilett não encontrou com os piratas, e nem achou vestígios suspeitos. O cão o advertiria ao menor perigo, e como Top nem sequer ladrou, era porque nada havia a temer, pelo menos naquele momento, e que os piratas estavam ocupados noutra parte da ilha.

Entretanto, por ocasião da saída que deu a 27 de novembro, Spilett, que se metera pelo bosque quase 1 quilômetro para o lado sul da montanha, notou que Top farejara alguma coisa. O cão não estava com um ar tão indiferente como da outra vez; pelo contrário, andava de um lado para outro, sempre farejando e espreitando nas moitas de ervas e de mato como se pelo faro adivinhasse algo de suspeito.

Spilett seguiu Top, animando-o com a voz, sempre atento, com a arma preparada, usando os troncos das árvores como proteção. Era pouco provável que Top tivesse farejado a presença de um homem, porque nesse caso, teria anunciado com latidos de cólera surda. Ora, o cão não rosnava, indicando não haver perigo próximo ou eminente.

Assim decorreram uns cinco minutos, Top sempre a farejar, e o repórter a segui-lo com toda prudência, até que de súbito, o cão arremessou-se direito a uma moita espessa, trazendo de lá um farrapo de pano.

Era um pedaço de pano qualquer, sujo e rasgado, que Spilett levou para o curral. Ali, todos o examinaram, e reco-

86

Spilett notou que Top farejava alguma coisa.

nheceram um pedaço da camisa que Ayrton vestia, naquele farrapo de feltro fabricado pelos colonos.

— Veja bem, Pencroff — advertiu Smith, — que o infeliz Ayrton ofereceu resistência. Os desgraçados o levaram a força! Ainda duvida da honradez daquele pobre?

— Não, senhor Cyrus — respondeu o marinheiro, — já me convenci, há muito, de que minhas suspeitas são infundadas! E acho que podemos concluir algo com este farrapo...

— O que? — perguntou o repórter.

— Ayrton não foi morto no curral! Levaram-no vivo, visto que há vestígios de resistência! E quem sabe se ele ainda não está vivo?

— Tem razão, é possível — murmurou o engenheiro, pensativo.

Os vestígios da camisa de Ayrton deram esperanças aos colonos. Até então pensavam que Ayrton caíra vítima de uma bala, tal como quase acontecera a Harbert. Mas, como agora parecia possível, os piratas não o tinham matado logo, se o tinham levado vivo para alguma outra parte da ilha, não seria possível que ele ainda estivesse prisioneiro, mas vivo? Talvez os piratas tivessem reconhecido o antigo companheiro, e agora alimentassem a esperança de trazer Ayrton novamente para o seu lado! E como ele seria útil, se resolvesse trair os colonos da ilha Lincoln!...

O pequeno farrapo de pano trouxe aos colonos a esperança de tornar a ver o amigo. E eles tinham certeza de que, se Ayrton ainda estivesse vivo, certamente ele estaria tentando fugir, para vir ao encontro dos colonos, o que seria um inestimável reforço!

— Se Ayrton conseguir escapar — lembrou Spilett, — certamente ele irá para o Palácio de Granito, porque não sabe que estamos aqui presos no curral, por conta do ferimento de Harbert.

— Ah! Quem me dera que ele estivesse no Palácio de Granito! — exclamou Pencroff, que tinha verdadeiro amor à todas as obras feitas na ilha. – E nós também! Porque se estes bandidos nada podem contra a nossa casa, podem muito bem destruir o platô, nossas plantações, a granja...

Mas o mais impaciente para regressar era Harbert, porque sabia que era ele quem os mantinha ali. E assegurava aos seus companheiros que sua recuperação seria melhor se estivesse em casa, no seu quarto, com vista para o mar e tão bem ventilado pela brisa marinha! E muitas vezes ele insistiu com Spilett acerca disso. Mas o repórter, prudente, sabia que as feridas de Harbert poderiam abrir-se durante o caminho, e por isso ele não decidia a hora da partida.

Ocorreu um incidente, no entanto, que obrigou Smith e seus companheiros a acederem aos desejos de Harbert, mas Deus sabe de quantas mágoas e remorsos aquela resolução podia ser origem!

Corria o dia 29 de novembro, e eram sete da manhã. Os colonos palestravam amigavelmente no quarto de Harbert, quando escutaram Top ladrar com força.

Smith, Pencroff e Spilett pegaram as armas, que estavam sempre carregadas, e saíram imediatamente.

Top tinha corrido para junto da paliçada, e dava pulos e latidos, parecendo contente, ao invés de furioso.

– Alguém está vindo aí!

– E não é inimigo!

– Será Nab?

– Ou Ayrton?

Mal o engenheiro e os companheiros tinham trocado estas palavras, quando algo pulou a paliçada!

Era Jup, mestre Jup em pessoa, a quem o amigo Top muito festejou!

– Jup! – exclamou Pencroff.

– Nab o mandou, tenho certeza! – disse o repórter.

– Então, ele deve ter trazido um bilhete – exclamou Smith.

89

Pencroff correu até o macaco. Nab, na certa, queria comunicar a eles algum fato importante, e havia enviado um hábil mensageiro, capaz de passar por onde os colonos e nem o próprio Top conseguiria.

Cyrus estava certo: havia um saquinho amarrado no pescoço de Jup, com um pequeno bilhete, que dizia simplesmente:

"Sexta, 6 de novembro.

Platô invadido pelos piratas!

Nab"

Todos se entreolharam sem dizer palavra, voltando logo para casa. O que iriam fazer? A presença dos piratas no platô da Vista Grande representava o desastre e a devastação!

Harbert, assim que viu seus companheiros voltarem, percebeu logo que a situação era grave, e quando viu Jup, teve certeza de que alguma desgraça ameaçava o Palácio de Granito.

— Senhor Cyrus, eu quero partir! — disse o rapaz. — Posso agüentar a caminhada!

Spilett aproximou-se de Harbert, observou-o algum tempo, e então exclamou:

— Vamos partir!

Decidiram transportar Harbert em uma maca ou na carroça que Ayrton trouxera consigo para o curral. A maca seria um modo de locomoção mais suave para o convalescente, mas exigiria dois homens para carregá-la, ou menos duas espingardas para a defesa, caso os colonos fossem atacados.

Resolveram usar a carroça, colocando alguns colchões para que Harbert viajasse deitado, sofrendo menos com os solavancos.

— As armas estão carregadas? — perguntou Smith.

Pencroff e Spilett responderam afirmativamente. Estava tudo pronto para a partida.

— Está tudo bem, Harbert? — perguntou o engenheiro.

– Fique tranqüilo, senhor Cyrus, que não vou morrer no caminho! – o pobre rapaz fazia um esforço enorme para conservar suas poucas energias.

Cyrus sentia o coração apertado, e hesitava em dar o sinal da partida.

– Vamos! – disse ele finalmente.

Abriram o portão do curral. Jup e Top, que sabiam calar-se quando necessário, correram logo na frente. A carroça saiu, tornaram a fechar o portão, e o jumento, guiado por Pencroff, caminhou vagarosamente.

Apesar da ameaça da presença dos piratas, os colonos seguiram pela estrada, já que a carroça dificilmente passaria pelo bosque. Spilett e Smith seguiam nas laterais da carroça, prontos para se defenderem de qualquer ataque. Mas era pouco provável que os piratas já tivessem saído do platô da Vista Grande. Mas era melhor agir com cautela.

A carroça ia movendo-se devagar, e a estrada estava completamente deserta. Não houve o menor sinal de perigo, e tudo parecia tão tranqüilo como quando os colonos tinham desembarcado na ilha.

Mas, ao avistarem o platô, Pencroff fez parar o jumento e exclamou com voz terrível:

– Ah! Os miseráveis!

E com a mão apontou a densa coluna de fumaça que se erguia sobre o moinho, as estrebarias e a granja.

No meio daquela fumaceira, um homem se movia. Era Nab.

Os companheiros o chamaram ao mesmo tempo, e Nab correu ao encontro deles.

Os piratas tinham fugido há cerca de meia hora do platô, depois de o terem destruído.

– E o senhor Harbert? – perguntou Nab, aflito.

Spilett voltou para junto da carroça e encontrou Harbert desmaiado!

10

MALÁRIA!

Os colonos esqueceram-se de todos os perigos e tristezas que a chegada dos piratas lhes trouxera. Ninguém mais se lembrou disso. O estado de Harbert era a maior preocupação agora. Teria sido mortal esta jornada para o rapaz? Teria sofrido alguma lesão interna? O repórter não tinha certeza, e tanto ele como seus companheiros estavam desesperados.

Transportaram o ferido com o máximo de cuidado para o elevador e dali a poucos minutos, Harbert estava estendido em sua confortável cama no Palácio de Granito.

Os cuidados dos amigos fizeram-no voltar a si, e ao ver-se no seu quarto, o pobre Harbert deu um fraco sorriso, incapaz de falar, tão grande era sua fraqueza.

Spilett examinou-lhe as feridas. O seu receio era que, por estarem mal cicatrizadas, tivessem se aberto novamente... mas isso não acontecera. Então, o que causara a prostração em Harbert, o que teria agravado o seu estado?

Depois deste exame, o rapaz caiu numa espécie de letargo febril, e o repórter e Pencroff não saíram de sua cabeceira.

Neste meio tempo, Smith punha Nab a par de tudo o que ocorrera no curral, enquanto ficava sabendo de tudo quanto acontecera no platô.

Só na noite anterior é que os piratas tinham aparecido no extremo da floresta, nas proximidades do riacho Glicerina. Nab,

Transportaram o ferido com o máximo de cuidado para o elevador.

que estava de sentinela na granja, não hesitara em atirar num pirata, que se dispunha a atravessar o riacho; mas, no meio da escuridão noite, não pudera saber se ferira ou não o miserável. O tiro que dele dera, no entanto, não foi capaz de deter a quadrilha, e Nab mal tivera tempo de voltar para o Palácio de Granito, onde ao menos estaria em segurança.

Mas o que fazer? Como impedir as devastações do platô, que a presença dos piratas tornava iminente? Nab teria condições de avisar seus companheiros? E depois, qual seria a situação dos habitantes do curral?

Smith e seus companheiros haviam deixado o Palácio de Granito no dia 11 de novembro, e agora já era dia 29. Há dezenove dias que Nab não tinha outras notícias de seus companheiros, além do curto bilhete trazido por Top. E o que ele sabia, era simplesmente aterrador: o desaparecimento de Ayrton, o grave ferimento de Harbert, e a prisão forçada de seus companheiros no curral!

O que fazer então? Nab nada tinha a recear quanto a sua segurança, já que os bandidos não o alcançariam no Palácio de Granito. Mas as construções, as plantações, tudo o que os colonos tinham arranjado e acomodado, estavam à mercê dos piratas! Não seria melhor alertar Smith destes perigos?

Foi então que Nab lembrou-se de usar Jup, confiando na inteligência do animal. Além de já ter estado muitas vezes no curral, em companhia de Pencroff, o ágil orangotango certamente passaria desapercebido pelo meio das matas, onde os piratas, mesmo o vendo, o tomariam por um animal nativo do lugar.

— Você agiu muito bem, Nab — disse Smith. — Mas se não tivesse nos prevenido, talvez fosse ainda melhor!

Cyrus referia-se ao triste estado de Harbert, agravado pela jornada.

Nab terminou assim sua narração. Os piratas não tinham aparecido na praia. Certamente não conheciam o número de habitantes da ilha, e supunham que o Palácio de Granito estaria defendido por forças importantes. Mas o platô sabiam estar desguarnecido, e ali seguiram seus instintos, saqueando, devastando, incendiando, fazendo o mal pelo mal, saindo de lá meia hora antes da chegada dos colonos, que eles supunham presos no curral.

Nab, em vista disso, decidira sair do seu abrigo. Subira ao platô, tentando apagar o incêndio que destruía todo o árduo trabalho da colônia, arriscando-se mesmo a levar um tiro. Mas o seu esforço fora em vão...

Tais eram os graves acontecimentos que tinham ocorrido. A presença dos piratas era uma ameaça permanente para os colonos da ilha Lincoln, até então afortunados, mas que agora deviam recear desgraças ainda maiores!

Spilett e Pencroff ficaram na cabeceira de Harbert, enquanto Nab e Smith iam conferir a dimensão dos estragos causados pelos piratas.

Era uma felicidade que os bandidos não tivessem chegado até junto do Palácio de Granito, porque nesse caso, certamente não lhes teria escapado as oficinas das Chaminés. Mas no final das contas, talvez isso fosse mais fácil de consertar do que as ruínas acumuladas no platô da Vista Grande!

Encaminhando-se para o Mercy, os dois subiram a margem esquerda sem encontrarem vestígios da passagem dos bandidos. Na outra margem do rio também não viram nada suspeito.

O que podiam supor, era o seguinte: ou os piratas tinham conhecimento do regresso dos colonos ao Palácio de Granito, porque era possível que os tivessem visto passar na estrada do curral, ou depois de terem devastado o platô, meteram-se nas matas do Jacamar,seguindo pela margem do Mercy, sem terem conhecimento daquele regresso.

No primeiro caso, era provável que tivessem voltado para o curral, agora sem defensores, e bem provido de preciosos recursos para eles.

No segundo caso, poderiam ter voltado para o acampamento, esperando a ocasião propícia para recomeçarem a luta.

Em qualquer das hipóteses, era possível enfrentá-los. Mas qualquer ação agora estava subordinada à situação de Harbert.

Ao chegarem ao platô, o engenheiro e Nab viram um espetáculo desolador. As plantações foram destruídas, as espigas da colheita próxima jaziam no chão. A horta estava destruída. Por sorte, havia no Palácio de Granito uma reserva de sementes que tornaria possível o reparo de tantos estragos.

O moinho e as edificações da capoeira, a cavalariça dos jumentos, tudo fora destruído pelo incêndio. Os animais, assustados, vagueavam pelo platô.

As aves, que enquanto durara o incêndio, tinham ficado refugiadas sobre as águas do lago, começavam a voltar às suas habitações usuais. Ali, tudo teria que ser refeito.

O rosto de Smith demonstrava uma cólera interior que ele mal podia conter. Porém, ele não disse uma só palavra.

Olhou mais uma vez para aquela destruição, para as colunas de fumaça que subiam por entre as ruínas, e voltou para o Palácio de Granito.

Os dias que se seguiram foram os mais tristes que os colonos já tinham passado na ilha! O estado de Harbert piorava a olhos vistos, e Spilett pressentia que a gravidade do caso estava fora das suas possibilidades.

De fato, Harbert estava numa espécie de torpor quase contínuo, e começava a delirar. As bebidas frescas eram os únicos remédios que os colonos podiam dispor.

No dia 6 de dezembro, Spilett viu concretizar-se seu pior receio: Harbert estava febril. O pobre rapaz, cujos dedos, nariz e orelhas perderam de todo a cor, teve primeiro arrepios leves, depois outros maiores, e tremores de frio. O pulso estava fraco e irregular, a pele seca; tinha muita sede. A este período seguiu-se outro de calor, o rosto do enfermo recobrou a cor, a pele coloriu-se, o pulso acelerou; depois veio um suor abundante, e pareceu que a febre diminuíra. Isto durou cerca de cinco horas.

96

Spilett não abandonava o doente, mas sabia que pouco poderia fazer:

— Preciso de um antitérmico... — disse então a Smith.

— Não temos nem quina, nem sulfato de quinino! — limitou-se a responder o engenheiro.

— Não temos, mas a casca dos salgueiros, em certos casos, podem substituir o quinino!

— Pois vamos tentar isso, sem perda de tempo! — exclamou Smith.

De fato a casca do salgueiro poderia substituir a quina, apesar de não ser tão eficaz. Mas seria preciso tentar!

Smith foi pessoalmente buscar a casca de salgueiro negro, e já no Palácio de Granito, reduziu-a a pó, dando-a a Harbert imediatamente.

A noite passou-se sem incidentes graves. Harbert delirou um pouco, mas a febre não voltou nem de noite, nem no dia seguinte.

Pencroff voltou a ter esperanças, mas Spilett, este não dizia nada. Sabia que era provável que a febre retornasse somente no dia seguinte. Ele também notou que, enquanto não estava com febre, Harbert mostrava-se completamente sem forças, com a cabeça pesada e sentindo vertigens. O rapaz também tinha delírios fortíssimos.

Spilett ficou aterrado:

— É malária! — disse ele, chamando Cyrus a um canto.

— Malária! — exclamou Smith. — Você deve estar enganado, Spilett! Como...

— Não há engano — respondeu o repórter. — Provavelmente o rapaz a apanhou nos pântanos da ilha. Se continuar febril, não resistirá! Ele já teve a primeira febre intermitente. A segunda não demorará, e a terceira... é fatal!

— E a casca de salgueiro?

— Não é suficiente! Precisaríamos de quinino!

Por sorte Pencroff não escutou a conversa, senão ficaria ainda mais desesperado.

Bem se pode imaginar as inquietações e cuidados do engenheiro e do repórter durante todo o dia 7 de dezembro e a noite que se lhe seguiu.

Por volta do meio dia, o doente teve a segunda febre. Que crise terrível! Harbert sabia que estava perdido! Estendia os braços ora para Cyrus, ora para Spilett, ora para Pencroff, como pedindo-lhes que o salvassem, porque não queria morrer!... A cena chegou a tal ponto que foi preciso afastar Pencroff dali.

A crise durou cinco horas, e era claro que Harbert não agüentaria a terceira!

A noite foi horrorosa. Em seu delírio, Harbert dizia coisas de partir o coração. Em seu delírio, ora supunha estar lutando contra os piratas, e chamava por Ayrton, ora implorava pela ajuda do ser misterioso que tanto os ajudara, e que tanto os intrigava... Depois caía novamente em profunda prostração, que lhe aniquilava todas as forças... a ponto de Spilett julgá-lo morto mais de uma vez!

O dia seguinte passou-se em delírios. As mãos magras de Harbert contorciam-se, agarrando os lençóis. O doente tomara novas doses de casca de salgueiro, mas o repórter não tinha ilusões acerca da eficiência do remédio.

– Se até amanhã não conseguirmos algo melhor... – dizia Spilett, – Harbert irá...

Ninguém abandonava a cabeceira daquele rapaz, tão corajoso, bom, inteligente, e ao qual todos queriam como a um filho! Mas o único remédio contra aquela doença terrível, este não existia na ilha Lincoln, e eles esperavam o pior!

No decurso daquela noite, de 8 para 9 de dezembro, Harbert teve um novo ataque de delírio, mais forte ainda! Resistiria ele até ao dia seguinte? Chegaria a ter o terceiro ataque de febre, que certamente o mataria? O doente estava

98

exausto, e nos intervalos das crises, ficava prostrado como se estivesse já morto.

Por volta das três da manhã Harbert soltou um grito terrível, e pareceu contorcer-se numa convulsão suprema. Nab, que estava ao seu lado, assustou-se e correu a chamar os outros companheiros.

Naquele momento, Top começou a latir de modo singular...

Todos vieram para junto do enfermo, e trataram de segurá-lo, já que em sua convulsão, ele quase caía da cama. Spilett tomou-lhe o pulso, que pouco a pouco ia voltando.

Eram cinco da manhã. Os raios de sol começavam a coarse nos quartos do Palácio de Granito. Tudo prenunciava um dia lindo, este mesmo dia que provavelmente era o último do pobre Harbert!

Um raio de luz iluminou a mesa que estava à cabeceira do leito.

De repente, Pencroff soltou um grito e mostrou aos companheiros um objeto que estava em cima da mesa.

Era uma caixinha em cuja tampa havia as seguintes palavras: *Sulfato de quinino.*

11

A EXPEDIÇÃO

Spilett correu para pegar a caixa, e ali realmente encontrou a preciosa substância. Agora, era preciso administrar sem demora nem hesitações, o tal pó a Harbert. Como o medicamente aparecera ali, isto era caso para se discutir depois.

— Temos café pronto? — perguntou Spilett.

Dali a instantes, Nab voltou com uma xícara de café morno. Spilett colocou uns dezoito grãos de quinino, e conseguiu que Harbert bebesse a mistura.

Já não era sem tempo! Todos agora tinham esperanças de que Harbert iria se salvar. A influência misteriosa que protegia os colonos tornara a exercer-se, e exatamente no momento em que mais precisavam dela.

Ao cabo de algumas horas, Harbert já descansava mais tranqüilo. Os colonos puderam então discutir o incidente, em que a intervenção do desconhecido mostrava-se mais evidente do que nunca. Mas, como ele entrara no Palácio de Granito? O caso era inexplicável, e a maneira deste ser misterioso agir, era ainda mais misteriosa do que ele.

Durante todo aquele dia, de três em três horas, Harbert continuou a tomar sulfato de quinino.

No dia seguinte, o enfermo começou a experimentar melhoras sensíveis. Curado ainda não estava, porque poderia ter uma recaída, mas cuidados e tratamento não lhe falta-

100

vam. E depois, ali estava o remédio certo, e quem o trouxera não podia estar longe! Enfim, todos começaram a ter grandes esperanças de que tudo sairia bem.

Passados dez dias, Harbert entrava na convalescença. Ainda estava fraco, e submetido a rigorosa dieta, mas já não tinha mais febre. E depois, era um doente tão dócil! Submetia-se com boa vontade a todas as prescrições que lhe impunham! Tinha uma vontade enorme de restabelecer-se logo!

Pencroff estava como um homem que fora arrancado do abismo. Tinha crises de alegria, que até pareciam ataques de delírio. Assim que Harbert saiu do perigo, deu um abraço em Spilett que quase o sufocou. Daí por diante, já não o chamava senão de doutor Spilett.

Restava, porém, descobrir o verdadeiro doutor.

– Havemos de descobri-lo! – repetia o marinheiro, entusiasmado.

Acabou o mês de dezembro, e com ele o ano de 1867, em que os colonos da ilha Lincoln tinham sido duramente experimentados pela desventura. O ano de 1868 começou com um tempo magnífico, um calor admirável, uma temperatura tropical, felizmente temperada pela brisa do ar. Harbert parecia renascer, e mesmo da cama, aspirava aquele ar saudável, com cheiro de mar e saúde, e que o ajudava a recuperar-se. O doente já começava a comer alguma coisa, e Deus sabe as delícias que Nab lhe arranjava

– Dá até vontade de também ter quase morrido! – dizia Pencroff.

Durante aquele período todo, os piratas não tinham aparecido nas vizinhanças do Palácio de Granito. Os colonos não tiveram notícia de Ayrton, e se Smith e Spilett conservavam alguma esperança de o tornar a ver, os outros companheiros não tinham mais dúvidas de que o infeliz tinha sido vítima daqueles bandidos. Aquele estado de incerteza, contudo, não podia durar, e todos já pensavam em realizar a projetada expedição, assim que Harbert estivesse restabelecido completamente. Mas para isso teriam ainda que esperar mais um mês.

No decurso do mês de janeiro, os colonos trataram de trabalhar no platô da Vista Grande, tentando consertar e salvar o que podiam. Todas as sementes e plantas foram colhidas, para em meados da próxima estação serem replantados. No tocante à granja, ao moinho e as cavalariças, Cyrus Smith achou melhor só reconstruir tudo depois que eles dessem cabo dos piratas.

Harbert levantou-se da cama pela primeira vez na segunda quinzena do mês de janeiro. Primeiro ficou de pé por uma hora, depois duas, depois três... As forças voltavam-lhe a olhos vistos, tão robusta era a sua compleição. O moço tinha então dezoito anos, estava alto e prometia vir a ser um belo homem.

No final do mês, Harbert já percorria o platô da Vista Grande e as praias, e alguns banhos de mar que tomou acompanhado por Pencroff fizeram-lhe imenso bem. Smith achou então que podia marcar a data da partida para 15 de fevereiro. As noites, que naquela época do ano eram claríssimas, deviam ser propícias às pesquisas que haviam de fazer em toda a ilha.

Os preparativos para a exploração começaram, e deviam ser importantes, porque os colonos tinham jurado não voltar ao Palácio de Granito enquanto não tivessem conseguido levar a cabo tudo o que pretendiam: destruir os bandidos e encontrar Ayrton, se é que ele ainda estivesse vivo, e também descobrir a identidade daquele que tanto zelava pelos destinos da colônia.

Os colonos, na realidade, só conheciam a fundo a costa oriental da ilha Lincoln, desde o cabo Garra até os cabos das Mandíbulas, o vasto Pântano dos Patos, as circunvizinhanças do lago Grant, os bosques do Jacamar compreendidos entre a estrada do curral e o Mercy, as margens do Mercy e do riacho Vermelho, e os contrafortes do monte Franklin, entre os quais estava estabelecido o curral.

Tinham explorado, mas sem profundidade, o vasto litoral da baía Washington desde o cabo da Garra até o promontório do Réptil, a extrema pantanosa e florestal da costa ocidental e aquelas intermináveis dunas que iam acabar no golfo do Tubarão.

Não tinham explorado, porém, as amplas extensões arborizadas que cobriam a península Serpentina, toda a parte direita do Mercy, a margem esquerda do rio da Queda e a mole confusa de contrafortes e vales que serviam de base à três quartas partes do monte Franklin para as partes de oeste, norte e leste, lugares estes onde por certo deviam existir profundas cavernas. Havia, portanto, muito a ser explorado.

Os colonos decidiram então que a expedição iria se dirigir através da floresta de Faroeste, abrangendo toda a região da ilha situada à direita do Mercy.

Talvez fosse melhor dirigir-se primeiro ao curral, onde era de se recear que os piratas tivessem se refugiado novamente, fosse para o saquearem, fosse para se abrigar lá. Mas, ou a devastação do curral já era fato consumado, sendo demasiado tarde para a impedir, ou eles tinham julgado conveniente entrincheirar-se ali, e esta seria a ocasião de apanhá-los no refúgio que tinham escolhido.

Depois de terem discutido o caso, mantiveram o plano inicial, e os colonos resolveram ir através dos bosques até ao promontório do Réptil. Caminhando sempre de machado em punho, lançariam assim o primeiro traçado de uma estrada que estabeleceria comunicação entre o Palácio de Granito e a extremidade da península, numa extensão de quase vinte quilômetros.

A carroça foi então preparada. Víveres, material para acampamento, cozinha portátil e utensílios diversos, tudo foi ali acomodado, bem como as armas e munições escolhidas no bem sortido arsenal do Palácio de Granito.

Não convinha se esquecer que os bandidos andavam provavelmente metidos pelo bosque, e que eles corriam o risco de levarem um tiro. Em vista disso, o grupo dos colonos tinha necessidade de conservar-se bem unido e compacto, e de não se dividir sob pretexto algum.

Decidiu-se também que ninguém ficaria no Palácio de Granito. Até Top e Jup deveriam tomar parte na expedição, mesmo porque a inacessível habitação não precisaria de quem a guardasse.

O dia 14 de fevereiro, véspera do dia marcado para a partida, caiu num domingo, e foi todo ele consagrado ao repouso e santificado pelas ações de graça que os colonos ergueram ao Criador.

Harbert, apesar de estar bem, ainda estava fraco, e por isso iria na carroça.

No dia seguinte, logo ao alvorecer, Smith tomou todas as medidas necessárias para pôr o Palácio de Granito ao abrigo de uma invasão qualquer. As escadas foram levadas para as Chaminés, e enterradas, de maneira que os colonos pudessem usá-las na volta; o cilindro do elevador foi desarmado, não ficando vestígio nenhum do aparelho. Pencroff foi o último que saiu da habitação, cabendo a ele esta tarefa. Ele desceu por meio de uma corda, que foi então puxada, sendo cortado qualquer meio de comunicação entre o patamar superior e o Palácio de Granito.

O tempo estava magnífico.

– Será um dia bem quente! – disse o alegre repórter.

– Ora, doutor Spilett – respondeu Pencroff, – como vamos por debaixo do arvoredo, não vamos nem ver o sol!

– A caminho! – comandou então Smith.

O carro já estava à espera dos colonos na praia, defronte das Chaminés. O repórter exigira que Harbert fosse nele, ao menos durante os primeiros quilômetros da jornada, e o moço não teve mais remédio senão submeter-se às prescrições do seu médico.

Nab pôs-se à frente dos jumentos. Smith, Spilett e Pencroff iam mais adiante, e Top ia aos pulos, com ar de satisfação. Harbert chamara Jup para a carroça, e o bom macaco aceitara sem hesitar. Era chegado o momento de partir.

104

A carroça primeiro deu a volta ao recanto do rio, e depois de seguir por um bom pedaço a margem esquerda do Mercy, atravessou a ponte e entrando na estrada de porto Balão; chegando ali, os exploradores deixaram a estrada à sua direita, metendo-se pela floresta de Faroeste.

Durante os primeiros quilômetros, como as árvores eram muito espaçadas, a carroça pôde transitar livremente; de tempos em tempos, porém, era preciso cortar algumas trepadeiras ou ceifar matas inteiras de tojos; mas nenhum obstáculo sério, porém, demorou a marcha dos colonos.

– Noto uma diferença – disse Cyrus, depois de algum tempo de caminhada. – Os animais estão mais ariscos, e acho que isto se deve ao fato dos bandidos terem passado por aqui. Talvez até encontremos alguns vestígios.

Efetivamente, em mais de um ponto das florestas, os colonos encontraram pegadas ou marcas de acampamento; ramos quebrados, quem sabe se no intuito de indicar caminho, cinzas de fogueiras apagadas, e pegadas barrentas no terreno. Nada, porém, que indicasse um acampamento definitivo.

O engenheiro recomendou aos companheiros que se abstivessem de caçar, porque a detonação das armas poriam de sobreaviso os bandidos, que talvez andassem rondando pela floresta. Além disso, quem fosse caçar, teria que se afastar do grupo, o que não era prudente.

Na segunda parte da jornada, a uns seis quilômetros do Palácio de Granito, a passagem ficou difícil; a ponto de, para avançarem, ser preciso derrubar árvores e abrir caminho. Mas antes de arriscar-se a entrar nestes pontos onde o arvoredo era mais denso, Smith tinha sempre o cuidado de mandar à frente Top e Jup, que cumpriam seu dever conscienciosamente. Quando o cão e o orangotango voltavam sem darem sinal de novidade, era certo que ali não havia bandidos nem feras.

Na primeira noite da excursão, os colonos acamparam a cerca de 10 quilômetros do Palácio de Granito, à beira de um pequeno afluente do Mercy, cuja existência, até então, ignoravam.

Ali jantaram bem, e tomaram as devidas precauções para passarem a noite sem risco. Se o engenheiro temesse só os animais ferozes, providenciaria fogueiras em torno do acampamento. Mas com os bandidos, o caso era outro; as fogueiras os atrairiam, ao invés de afastá-los, e portanto, era melhor que os colonos se mantivessem nas trevas.

Organizaram uma rigorosa vigilância, onde dois colonos estavam sempre de sentinela, sendo rendidos de duas em duas horas pelos camaradas. Harbert, apesar de seus protestos, foi dispensado do serviço.

A noite correu sem incidentes, e no dia seguinte, 16 de fevereiro, a marcha prosseguiu, mais vagarosa do que difícil, através da floresta.

Nesse dia foi impossível andar mais de oito quilômetros, porque a cada momento era preciso abrir caminho a machado. Os colonos poupavam as árvores grandes e belas, além do que, elas teriam lhes custado trabalho e fadiga. Eles optavam por sacrificar as árvores menores, e por isso, o caminho ia aumentando em função de numerosas voltas.

Harbert teve ocasião de descobrir algumas essências novas, de cuja presença na ilha ainda não tinham conhecimento. Mas com relação à fauna, não houve nenhuma novidade.

A respeito dos vestígios deixados pelos bandidos na floresta, os colonos encontraram mais alguns. Junto de uma fogueira recentemente apagada, os colonos notaram certas pegadas, que examinaram com atenção. Puderam concluir, então, que cinco pessoas haviam acampado ali, mas – e era este o principal objetivo de tão minuciosa investigação, – não descobriram vestígios de uma sexta pessoa, ou seja, Ayrton!

– Ayrton não está com eles! – disse Harbert.

– Não! E se não está com eles, é porque os miseráveis já o assassinaram! Mas estes tratantes terão o que merecerem! Assim que o encontrarmos em seu esconderijo...

– O mais provável é que eles não se fixem em local algum, enquanto não estiverem senhores da ilha.

– Senhores da ilha! – exclamou o marinheiro, exaltado. – Senhores da ilha!

E depois, acalmando-se um pouco, disse:

– Sabe qual é a bala com que eu carreguei a espingarda, senhor Cyrus?

– Não, Pencroff!

– É a mesma que varou o peito de Harbert, e prometo-lhes que esta não erra o alvo!

Esta justa represália, porém, não restituiria Ayrton à vida, e o caso era que, pelo exame das pegadas, já não se alimentavam mais esperanças de que o companheiro estivesse vivo!

Naquela noite os colonos acamparam a cerca de dezesseis quilômetros do Palácio de Granito. Cyrus calculou que eles deviam estar próximos do promontório do Réptil.

Efetivamente, no dia seguinte, os viajantes chegavam à extremidade da península, tendo atravessado a floresta em todo o seu comprimento; mas sem o menor indício que lhes permitisse encontrar o esconderijo dos bandidos, e também descobrir onde se escondia o misterioso desconhecido que tanto os ajudara.

12

MAIS UM MISTÉRIO

O dia seguinte, 18 de fevereiro, foi consagrado à exploração de toda a região arborizada que formava o litoral desde o promontório do Réptil até ao rio da Queda. Os colonos puderam explorar a fundo aquela floresta, cuja largura variava entre quatro ou seis quilômetros, por estar compreendida entre as duas praias da península Serpentina. As árvores, pelo seu alto porte e densa ramagem, mostravam a fertilidade do terreno, ali mais admirável do que em qualquer outro ponto da ilha. Dir-se-ia que aquela península era um pedaço dessas florestas virgens da América ou da África Central, transportada para aquela região. E tudo isto levava a crer que aqueles vegetais encontravam ali no solo, úmido na camada superior, mas aquecido abaixo por fogo vulcânico, um calor impróprio de climas temperados.

Na costa ocidental, por mais minuciosas que fossem as pesquisas, não encontraram vestígio algum. Nem pegadas, nem ramos partidos, nem cinzas frias, nem acampamentos abandonados, nada!

– Não me admira isto – dizia Cyrus aos companheiros. – Os bandidos meteram-se nas florestas de Faroeste, depois de atravessarem o pântano dos Patos. Por conseqüência, seguiram com pequena diferença o caminho que nós também seguimos até aqui. Assim ficam explicados os vestígios que encontramos na floresta. Mas, logo que chegaram ao litoral, os tratantes compreenderam decerto que ali não encontrariam abrigo seguro, e foi então, provavelmente, que subiram mais para o norte e deram com o curral.

– Para onde talvez voltaram... – disse Pencroff.

– Não me parece – respondeu o engenheiro, – porque devem saber que seria o primeiro lugar onde nós os procuraríamos. O curral para eles deve ser uma fonte de provisões, mas não um acampamento definitivo.

– Concordo com Cyrus – disse o repórter. – Eu acho que eles devem estar nos contrafortes do monte Franklin, procurando algum covil.

– Nesse caso, senhor Cyrus, vamos direto para o curral! – exclamou Pencroff. – Precisamos dar um fim nesta situação logo, e até agora só perdemos tempo.

– Não é assim, Pencroff. Você se esqueceu que tínhamos o interesse de saber se o nosso misterioso benfeitor está escondido aqui na floresta?

– Não, senhor Cyrus! – exclamou Pencroff. – Mas, da minha parte, acho que só vamos encontrá-lo quando ele quiser!

E, na verdade, Pencroff nada mais fazia além de exprimir a opinião de todos. Era provável que o lugar onde se ocultava o desconhecido fosse pelo menos tão misterioso como ele próprio era!

Naquele noite, os colonos acamparam na foz do rio da Queda. Harbert, que estava plenamente recuperado, tirava proveito daquela vida ao ar livre, entre as brisas do oceano e a atmosfera vivificante das florestas. O lugar do nosso rapaz já não era na carroça, mas sempre na vanguarda da caravana.

No dia seguinte, 19 de fevereiro, os colonos abandonaram o litoral, por sobre o qual, para além da foz do rio, se acumulavam tão pitorescamente rochas basálticas de todas as formas, e caminharam à beira do rio, subindo a margem esquerda. Eles estavam a uns oito quilômetros de distância do monte Franklin.

109

O projeto do engenheiro consistia no seguinte: observar minuciosamente todo o vale, cuja parte baixa era o próprio leito do rio, e chegar assim até as proximidades do curral; se este estivesse ocupado, iriam tomá-lo à força; se não estivesse, iriam entrincheirar-se ali, fazendo do curral o centro das operações que teriam por objetivo a exploração do monte Franklin.

Este plano foi unanimemente aprovado pelos colonos, que ansiavam em tomar posse de toda a sua ilha novamente!

Assim, caminharam pelo estreito vale que separava dois dos mais altos contrafortes do monte Franklin. O arvoredo, que na margem do rio era basto, tornava-se mais raro nas zonas superiores do vulcão. O terreno era montanhoso, bem acidentado, próprio para emboscadas, e os colonos avançavam cautelosamente. Top e Jup iam na frente, servindo de guias e batedores, rivalizando-se em inteligência e aptidão. Nada, porém, indicava que as margens do rio estivessem sendo freqüentadas pelos piratas.

Por volta das cinco da tarde, a carroça parou a poucos metros da paliçada do curral, ainda oculta por espesso arvoredo.

Agora, precisavam fazer um reconhecimento da área, para saber se os piratas estavam ou não ali. O melhor seria esperar pelo cair da noite, que os protegeria mais contra uma emboscada. Mas Spilett queria, a todo custo, ir fazer o reconhecimento, e o não menos impaciente Pencroff ofereceu-se prontamente para acompanhá-lo.

— Isso não, meus amigos — respondeu o engenheiro. — Esperem pela noite. Não consentirei que nenhum de vocês se exponha à luz do dia.

— Mas, senhor Cyrus... — replicou o marinheiro, sentindo-se pouco disposto a obedecer.

— Eu lhe peço, Pencroff — disse o engenheiro.

— Que seja! — exclamou o marinheiro, enquanto desabafava sua raiva despejando uma torrente de insultos contra os bandidos.

110

Os colonos ficaram em torno da carroça, vigiando as vizinhanças.

Três horas se passaram. O vento abrandava e reinava silêncio completo por baixo das árvores. Tudo estava no maior sossego, e Top, deitado no chão, não dava sinais de inquietação. Às oito horas da noite, a escuridão já era suficiente para que se pudesse fazer o reconhecimento com menos riscos. Spilett declarou-se pronto para partir em companhia de Pencroff, e Cyrus consentiu. Top e Jup ficariam com os outros, evitando que algum latido ou grito dado fora de ocasião os denunciasse.

– Não se arrisquem – recomendou Cyrus. – Não precisam tomar posse do curral, mas sim saber se ele está ou não ocupado.

Pencroff e Spilett então partiram, parando ao escutarem qualquer ruído suspeito, e só avançando com as maiores precauções.

Caminhavam distanciados um do outro, tornando-se assim alvos mais difíceis para os bandidos. Cinco minutos depois de deixarem a carroça, Spilett e Pencroff tinham chegado à extremidade do bosque, em frente da clareira, ao fundo do qual estava o curral.

Pararam. Havia ainda alguma claridade, e eles podiam ver claramente o portão do curral, que parecia fechado. Estavam bem perto, mas tentar aproximar-se seria se expor a um risco enorme, já que não teriam cobertura de espécie alguma.

Spilett e Pencroff não eram homens que recuassem, mas sabiam que um ato imprudente colocaria em risco não só suas vidas, mas também a de seus companheiros.

Pencroff, ansioso, quis aproximar-se do curral, mas o repórter o deteve:

– Dentro em pouco será noite – murmurou Spilett, – e então será poderemos os aproximar!

Pencroff, apertando a coronha da arma, deteve-se, praguejando.

111

Dentro em pouco desapareciam completamente os últimos clarões do crepúsculo, e a escuridão que parecia sair da floresta invadiu completamente a clareira. Era o momento.

Spilett e Pencroff, que desde que tinham se postado na extremidade da floresta, não tinham perdido de vista o curral, resolveram avançar engatinhando, caso os bandidos tivessem colocado algum vigia na paliçada.

Chegaram assim até ao portão do curral, sem que o menor raio de luz os denunciasse.

Pencroff tentou empurrar o portão, que estava fechado, como eles tinham suposto. Entretanto, o marinheiro verificou que as trancas exteriores não tinham sido postas.

Concluíram então que os piratas estavam no curral, e que haviam fechado o portão de modo que fosse impossível arrombá-lo.

Os dois então puseram-se à escuta, mas não ouviram ruído algum no interior do curral. Os carneiros e cabras, adormecidos, não perturbavam o silêncio da noite.

Como não escutavam nada, o repórter e o marinheiro discutiram a possibilidade de escalar a paliçada e entrar no curral, o que seria contra as instruções de Smith.

A verdade é esta operação poderia dar bons resultados, mas também poderia ser o contrário. Ora, se os piratas não tivessem a menor suspeita a respeito da excursão dos colonos, eles contariam com o fator surpresa. Conviria arriscar a perder aquele trunfo, escalando a paliçada?

O repórter achou melhor que eles esperassem estar todos juntos para tentarem entrar no curral. No momento, deveriam voltar para a carroça e planejar o ataque.

Pencroff concordou, e dali a instantes estavam colocando Cyrus Smith a par de toda a situação.

— Pois meus amigos — disse ele, depois de refletir um bocado, — em vista do que me contam, parece-me que há toda a razão para crer que os degredados não estão no curral.

112

Pencroff, ansioso, quis aproximar-se mais do curral, mas o repórter o deteve.

– Quando escalarmos a paliçada – respondeu Pencroff, – teremos certeza.

– Vamos para o curral! – comandou Smith.

– Vamos deixar a carroça aqui? – perguntou Nab.

– Não! – respondeu o engenheiro. – Aqui estão nossas munições e mantimentos, e poderemos precisar disto!

– Vamos embora então! – comandou Spilett.

A carroça saiu logo da mata, e começou a andar sem ruído em direção à paliçada. A escuridão era profunda, e o silêncio tão completo como no momento em que Pencroff e Spilett tinham saído dali. A erva era tão espessa que abafava completamente os ruídos dos passos.

Os colonos iam de armas na mão, carregadas. Jup, por ordem de Pencroff, ia na retaguarda. Nab trazia Top preso, para que o cão não corresse.

Dali a pouco os colonos estavam na frente da clareira, completamente deserta. O grupo rumou para a paliçada, sem hesitar, e em pouco tempo aproximou-se dela, sem que se escutasse um só tiro. Assim que a carroça chegou junto da paliçada, pararam. Nab segurou os jumentos, enquanto Pencroff, Harbert, Spilett e Smith iam direto para o portão.

E então, encontraram o portão aberto!

– Mas... Vocês não disseram nada sobre isto! – exclamou o engenheiro, voltando-se para Spilett e Pencroff.

Ambos estavam pasmos.

– Pela minha salvação, eu juro que este portão estava fechado há pouco! – murmurou Pencroff.

Em vista disso, os colonos hesitaram. Será que os bandidos haviam abandonado o curral neste meio tempo em que Pencroff e Spilett tinham ido reportar os fatos aos companheiros? O caso não oferecia dúvidas. Se o portão estava fechado antes, ele só poderia ter sido aberto pelos piratas. Eles ainda estariam ali dentro, ou teriam saído?

114

Harbert, que tinha avançado alguns passos no interior do recinto, recuou precipitadamente, e agarrou a mão de Smith.

– O que foi? – perguntou o engenheiro.

– Eu vi uma luz!

– Na casa?

– Sim!

E os cinco, avançando para o portão, viram através dos vidros da janela, uma débil claridade.

Smith tomou logo uma decisão:

– O fato de encontrarmos os bandidos aqui, reunidos, e desprevenidos dentro desta casa, é uma oportunidade única para nós! Vamos!

E os colonos avançaram em direção à casa, com as armas engatilhadas. A carroça ficara guardada por Top e Jup, que por prudência, ficaram presos a ela.

Por um lado, Smith, Pencroff e Spilett, e por outro Harbert e Nab, os colonos observaram a parte do curral que estava completamente escura e deserta.

Dali a pouco estavam todos juntos, em frente da casa, cuja porta encontraram fechada.

Smith fez sinal aos companheiros para que não se movessem, aproximou-se da vidraça, debilmente iluminada pela luz de dentro, e examinou o aposento.

Em cima da mesa havia uma lanterna acesa. Junto da mesa, o leito que fora de Ayrton. E ali havia um corpo estendido!

De repente, Cyrus deu dois passos para trás e exclamou, com voz abafada:

– É Ayrton!

Os colonos trataram de arrombar a porta, e encontraram realmente Ayrton, que parecia estar dormindo. No seu rosto adivinhava-se o longo e cruel sofrimento pelo qual tinha passado. Nos pulsos e tornozelos ainda se viam os hematomas e escoriações da tortura à qual fora submetido.

Smith debruçou-se sobre ele, e sacudindo gentilmente o companheiro, que acabava de encontrar de forma tão inesperada, exclamou:

— Ayrton!

Ao escutar seu nome, o infeliz abriu os olhos, e viu então debruçado sobre si Cyrus Smith. Depois, percebeu os outros companheiros, e como que espantado, murmurou:

— São vocês?

— Ayrton! Ayrton! — repetiu Smith.

— Mas onde eu estou?

— Na casa do curral!

— E vocês me encontraram só?

— Sim!

— Mas eles não vão demorar! — exclamou Ayrton. — Escondam-se! Vocês têm que se defender!

E Ayrton tornou a deitar-se, extenuado.

— Spilett — disse então o engenheiro, — de um momento para o outro podemos ser atacados. Traga a carroça para dentro do curral. Depois tratem de fortificar o portão pelo lado de dentro, e voltem logo para cá.

Pencroff, Nab e o repórter não hesitaram em cumprir as ordens do engenheiro. Talvez até a carroça já estivesse em poder dos bandidos.

Num momento o repórter e os dois companheiros atravessaram o curral e chegaram ao portão da paliçada, atrás do qual se ouvia o surdo rosnar de Top.

O engenheiro deixou Ayrton por um instante e saiu de casa, pronto a defender-se. Ao seu lado estava Harbert, e ambos vigiavam a crista do contraforte que dominava o curral, porque caso os bandidos estivessem emboscados ali, poderiam matar os colonos um a um.

Naquele momento a lua surgiu a leste, por sobre o negro véu da floresta, e o interior do curral foi repentinamente iluminado por uma luz branca e brilhante.

116

Dali a pouco a carroça entrou no curral. Cyrus ouviu o ruído que os companheiros fizeram, fechando e trancando a porta por dentro.

Foi quando Top, num esforço violento, rompeu a corda que o prendia, e correu a ladrar para o fundo do curral, ao lado direito da habitação.

– Cautela, amigos, e peguem suas armas! – gritou logo Smith.

Os colonos, porém, já estavam preparados e esperando só o momento oportuno de fazer fogo. Top continuava a ladrar e Jup, correndo para junto do cão, soltava também silvos agudos.

Os colonos seguiram os dois animais até a margem do regato.

Chegando ali, viram iluminados, em cheio... o que?

Cinco cadáveres estendidos na margem!

Eram os cadáveres dos cinco piratas que, quatro meses antes, tinham desembarcado na ilha Lincoln!

13

ESTRANHOS RUÍDOS

Mas o que teria acontecido? Quem teria matado os bandidos? Seria Ayrton? Não, não poderia ser, já que ainda há pouco ele receava que eles voltassem! Ayrton, porém, estava naquele momento mergulhado num torpor letárgico tal, que não era possível acordá-lo. Depois das poucas palavras que pronunciara, caíra nesta letargia, e jazia no próprio leito em completa imobilidade.

Os colonos, assaltados por pensamentos contraditórios, esperaram que Ayrton voltasse a si. Era provável que ele não pudesse informar nada sobre a morte dos bandidos, mas certamente os informaria sobre os fatos anteriores à terrível execução.

No dia seguinte, Ayrton saiu do torpor em que se encontrava, e seus companheiros manifestaram a enorme satisfação que sentiam ao vê-lo são e salvo após tão longa separação.

Ayrton contou rapidamente tudo o que se passara, ou pelo menos, tudo quanto sabia.

No dia seguinte ao da chegada dele ao curral, em 10 de novembro, ao cair da noite, fora surpreendido pelos bandidos, que haviam escalado a paliçada. Eles então amarraram e amordaçaram Ayrton, e o levaram para uma caverna escura, ao pé do monte Franklin, onde estavam refugiados.

Os bandidos já tinham resolvido matar Ayrton quando um deles o reconheceu. Os miseráveis, que queriam assassinar Ayrton, respeitaram a vida de Ben Joyce!

A partir daquele momento, porém, Ayrton fora vítima de contínuas instâncias dos seus antigos cúmplices, que pretendiam coagi-lo a compactuar com seus planos, já que esperavam se apoderar do Palácio de Granito, tornando-se enfim senhores absolutos da ilha, depois de assassinarem os colonos! Ayrton resistira. O antigo bandido preferia morrer a trair seus companheiros.

Pelo espaço de quatro meses Ayrton vivera na caverna, sempre amarrado, amordaçado e vigiado.

Os bandidos, que haviam descoberto o curral logo, viviam das reservas dele, mas não habitavam lá. No dia 11 de novembro, dois dos bandidos, apanhados de surpresa pela chegada dos colonos, abriram fogo contra Harbert. Somente um deles regressou à caverna, já que o outro tinha sido morto por Cyrus Smith, contudo, ele se gabava de ter matado um dos habitantes da ilha.

Imagine o desespero e a inquietação de Ayrton quando soube da notícia da morte de Harbert! Os colonos agora eram só quatro, e estavam à mercê dos bandidos.

Em conseqüência deste acontecimento, e durante todo os tempo que os colonos, presos por causa do estado de Harbert, permaneceram no curral, os piratas não saíram da caverna, e até mesmo depois de terem saqueado o platô da Vista Grande, acharam mais prudente não sair de lá.

Os maus tratos infligidos a Ayrton redobraram. Nas mãos e nos pés o ex-contramestre ainda trazia os vestígios sangrentos das cordas com que estivera amarrado dia e noite, e esperava a cada instante a morte, a que não lhe parecia possível escapar.

Assim as coisas continuaram até a terceira semana de fevereiro. Os bandidos continuavam esperando uma ocasião propícia, e raras vezes saíam do covil, fazendo apenas algumas pequenas excursões, ora no interior da ilha, ora até a costa meridional. Ayrton não tinha mais notícias dos amigos, nem mesmo esperança em tornar a revê-los.

119

O pobre Ayrton, enfraquecido pelos constantes maus tratos, caíra então em prostração profunda. Por isso é que não podia dizer o que tinha acontecido.

— Mas, senhor Smith — acrescentou eu, — se eu estava preso na caverna, como é que agora posso estar no curral?

— E como é que os bandidos estão mortos? — replicou Smith.

— Morreram? — exclamou Ayrton, estupefato, levantando meio corpo do leito.

Amparado pelos companheiros, levantou-se, e todos dirigiram-se para o regato.

Era já dia claro, e na beira da água jaziam os cinco cadáveres.

Ayrton estava aterrado. Cyrus Smith e seus companheiros o olhavam, calados.

Nab e Pencroff então examinaram os cadáveres, mas não encontraram vestígios de ferimento.

Pencroff, no entanto, depois de um exame mais atento, descobriu na testa de um, no peito de outro, nas costas deste outro e no peito daquele outro um pequeno ponto vermelho, espécie de contusão quase imperceptível, cuja origem era impossível adivinhar.

— Foi aí que eles foram feridos! — disse Smith.

— Mas com que arma? — exclamou o repórter.

— Com alguma arma cujo segredo nós não possuímos!

— Mas quem os teria matado?... — perguntou Pencroff.

— O justiceiro da ilha — respondeu Smith. — Certamente foi ele quem trouxe Ayrton para cá, e que tanto já nos ajudou, mas no entanto, esconde-se de nós!

— Vamos procurá-lo! — exclamou Pencroff.

— Sim, vamos procurá-lo — respondeu Smith, — mas eu acho que este ser superior, que realiza tantos prodígios, só será encontrado quando ele quiser.

Aquela proteção invisível comovia, mas também irritava o engenheiro. Aquela generosidade que dispensava todas as demonstrações de gratidão, provava uma espécie de desdém para os obsequiados, que aos olhos de Smith tirava até o valor do benefício prestado.

– Sim, vamos procurá-lo – tornou Smith, – e queira Deus que nos seja permitido provar a este altivo protetor que ele não ajudou a pessoas ingratas. Quanto eu daria para que pudéssemos pagar-lhe tudo quanto tem feito por nós, prestando-lhe também, ao preço da própria vida, se necessário, algum serviço importante!

A partir daquele dia, buscar o ente misterioso foi a única preocupação dos colonos da ilha Lincoln. Tudo os impelia a descobrir a chave daquele enigma, chave esta que era decerto o nome de um homem dotado de poder verdadeiramente inexplicável, e de alguma forma sobre-humano.

Nab e Pencroff então transportaram os corpos dos piratas para o interior da floresta, e lá os enterraram.

Depois, os colonos se reuniram, e trataram de colocar Ayrton a par de tudo quanto sucedera durante o tempo em que ele estivera seqüestrado. Foi então que ele soube das aventuras de Harbert e da série de provações que os colonos tinham passado. Estes, por sua parte, já não esperavam mais ver Ayrton, temendo que ele já tivesse sido assassinado sem piedade pelos bandidos.

– Agora – disse Cyrus, depois que acabou de contar tudo, – resta-nos cumprir um dever sagrado. Metade da nossa tarefa está realizada, mas não devemos nos esquecer que se não precisamos mais recear os bandidos, não é a nós que devemos isso.

– Pois muito bem! – respondeu Spilett. – Vamos explorar o labirinto do contraforte do monte Franklin! Não vamos deixar um só lugar sem revistar!

– E não voltaremos para o Palácio de Granito sem termos encontrado nosso benfeitor! – acrescentou Harbert.

121

– Sim, filho! – concordou o engenheiro. – Faremos tudo o que for possível... mas torno a acrescentar que só o encontraremos se ele consentir nisso...

– Ficaremos no curral? – perguntou Pencroff.

– Sim, sim, vamos ficar aqui – respondeu Smith. – Temos provisões em abundância, e estamos perto do nosso círculo de investigações. De mais a mais, em caso de urgência, podemos ir até o Palácio de Granito.

– Permitam-me uma observação – disse Pencroff. – O calor vem se aproximando, e temos que fazer uma viagem...

– Que viagem? – espantou-se Spilett.

– Temos que ir à ilha Tabor! – respondeu Pencroff. – É preciso que deixemos uma indicação de que estamos aqui, e que Ayrton encontra-se conosco, no caso do iate escocês vir apanhá-lo. Quem sabe se já não será tarde?

– Mas, Pencroff, como você pensa em fazer esta viagem? – perguntou Ayrton.

– Ora, vamos no *Bonadventure*.

– No *Bonadventure*! – exclamou Ayrton. – O barco já não existe.

– O meu *Bonadventure* já não existe? – uivou Pencroff, dando um grande pulo.

– Não! Os piratas o descobriram, e tentaram fugir nele...

– E? – tornou Pencroff, com o coração aos pulos.

– Eles não conseguiram manobrá-lo. A embarcação espatifou-se contra uns penedos. Ficou completamente destruída.

– Miseráveis! Bandidos! Infames! – exaltou-se Pencroff.

– Calma, Pencroff – disse Harbert, tomando a mão do marinheiro, – vamos fazer outro *Bonadventure*, e maior! Pois não temos toda a ferragem, todo o velame e mastreação do brigue à nossa disposição?

– Mas para construir uma embarcação de trinta ou quarenta toneladas, vamos precisar de pelo menos cinco ou seis meses! – retorquiu Pencroff.

– Teremos que desistir de ir até a ilha Tabor este ano! – conformou-se o repórter.

– Ah! Meu *Bonadventure*! Meu pobre *Bonadventure*! – exclamou Pencroff, consternado com a perda da sua embarcação, de que tanto se ufanava!

A destruição do *Bonadventure* era realmente lamentável, e decidiu-se logo pela construção de uma nova embarcação. E então, ninguém mais pensou em outro assunto senão a completa exploração da ilha.

Naquele mesmo dia, 19 de fevereiro, começaram as buscas, que duraram toda uma semana. A base da montanha entre os seus contrafortes e as numerosas ramificações destes formava um labirinto de vales e contra-vales. Era claro que era ali, no fundo daquelas gargantas apertadas, que convinha prosseguir as buscas. Nenhuma parte da ilha era mais adequada para esconder uma habitação cujo morador quisesse manter-se incógnito.

Os colonos começaram por examinar todo o vale que se abria ao sul do vulcão e recebia as primeiras águas do rio da Queda. Ali Ayrton mostrou-lhes a caverna onde estivera preso. Tudo estava exatamente como ele se lembrava. Ali os colonos encontraram ainda uma certa quantidade de munições e mantimentos que os bandidos tinham transportado do curral, no intuito de terem a sua reserva.

Todo o vale que ia dar na gruta, ensombrado por formosas árvores, foi explorado minuciosamente. Depois os colonos deram a volta à sudoeste do contraforte, metendo-se por uma apertada passagem que ia dar numa pitoresca acumulação de basaltos no litoral.

Neste lugar a vegetação era rala. As cabras montesas e os carneiros selvagens andavam aos pulos por entre os rochedos.

123

Ali começava a região árida da ilha. Daquele ponto já se podia reconhecer que dos numerosos vales que se ramificavam na base do monte Franklin, só três eram arborizados e abundantes em pastos como o do curral, que a oeste fazia fronteira com o vale do rio da Queda e a leste com o do riacho Vermelho. Este dois regatos, que mais adiante se transformavam em verdadeiros rios por conta da absorção de alguns afluentes, formavam-se de todas as águas da montanha, e produziam assim a fertilidade da encosta meridional. O Mercy, esse era mais diretamente alimentado por copiosas nascentes, ocultas sob o copado das florestas do Jacamar, sendo também que outras nascentes do mesmo gênero, que se distribuíam em mil regueiros, alagavam o terreno da península Serpentina.

Ora, daqueles três vales onde não havia falta de água, um podia servir de esconderijo a algum solitário. Os colonos, porém, já tinham explorado todos os três, sem encontrar sequer um vestígio da presença de um homem.

Seria por acaso no fundo de um daqueles áridos barrancos que se esconderia aquele que eles tanto ansiavam em conhecer?

A região do norte do monte Franklin, na base dele, compunha-se unicamente de dois vales largos, pouco profundos, sem a menor aparência de verdura, semeados de penedos erráticos, cobertos de lavas, acidentados por grandes intumescências minerais. Aquela parte da montanha exigiu longas e difíceis pesquisas. Naquela região havia milhares de cavidades, decerto pouco cômodas para a vida, mas perfeitamente escondidas e de difícil acesso. Os colonos chegaram até a ir aos escuros túneis que datavam da época plutônica, ainda negros da passagem dos fogos de outrora, e que se metiam montanha adentro. Percorreram aquelas escuras galerias, iluminando-as com archotes, explorando os mais insignificantes buracos. Em toda a parte, porém, só encontraram silêncio e escuridão. Não havia o menor indício de que um ser humano tivesse jamais posto os pés naqueles antigos corredores.

124

Smith, porém, notou que não era o silêncio absoluto que ali reinava. Chegando ao fundo de uma daquelas sombrias escavações, que se prolongavam por metros e metros pela montanha adentro, o engenheiro ficou admirado ao escutar um ruído surdo, que aumentava de intensidade em virtude da sonoridade das rochas.

Spilett também escutou estes ruídos, que pareciam indicar que os fogos subterrâneos não estavam completamente extintos. Por mais de uma vez pararam, na escuta, e ambos concordaram que uma reação química estava se elaborando nas entranhas da terra.

– Parece que o vulcão não está completamente extinto! – disse o repórter.

– É bem possível! Um vulcão, ainda que pareça completamente extinto, sempre pode entrar em atividade! – concordou Smith.

– Se o monte Franklin estiver às vésperas de uma erupção, não haveria perigo para a ilha Lincoln?

– Não me parece – respondeu o engenheiro. – A cratera, que é a válvula de segurança, ainda existe, e assim o excedente de vapores e lavas terá provavelmente de sair, como das outras vezes.

– E se as lavas seguirem para as partes férteis da ilha?

– Não haverá razão para isto, meu caro Spilett – respondeu Smith. – Por que não iriam seguir o caminho traçado naturalmente?

– Ora, vulcões são caprichosos! – respondeu o repórter.

– Para que a lava mudasse de direção, seria necessário que houvesse um tremor de terra.

– Ora, tremor de terra é algo a se recear nestas condições – advertiu Spilett.

– Isso é verdade – respondeu o engenheiro. – Tenho que confessar que uma erupção vulcânica seria para nós um acon-

125

tecimento grave, e melhor seria que ele não entrasse novamente em atividade. Mas, o que podemos fazer? Nada! Mesmo assim, aconteça o que acontecer, creio que nossos domínios no platô da Vista Grande não serão ameaçados, porque entre o platô e a montanha há uma grande depressão de terreno, e ainda que as lavas fossem em direção ao lago, seriam repelidas para as dunas e para as vizinhanças do golfo do Tubarão.

– E depois também nenhum de nós viu indício algum de que uma erupção se aproxima – disse Spilett.

– É verdade – respondeu Smith. – Ainda ontem observei o vértice da cratera, e não vi vapor algum. É possível que com o correr do tempo tenham se acumulado na parte inferior da chaminé do vulcão quantidades tais de rochedos, cinzas e lavas endurecidas, que a válvula de escape que há pouco falamos esteja agora obstruída. Ao primeiro abalo sério, porém, desaparecerão todos os obstáculos. Pode estar certo que nem a ilha, que é a caldeira, nem o vulcão, que lhe serve de chaminé, irão arrebentar em virtude da pressão dos gases. No entanto, repito que seria melhor não haver tal erupção.

– Mas não estamos enganados – tornou o repórter. – Ouvimos ruídos estranhos...

– Não, não estamos – respondeu o engenheiro, tornando a escutar com grande atenção, – não há engano possível... Está mesmo operando-se uma reação, cuja importância e resultado ninguém ainda pode avaliar.

Assim que saíram, Smith e Spilett encontraram os companheiros, a quem trataram de colocar a par dos fatos.

– Ah! – exclamou Pencroff. – Quer dizer que o vulcão está a fazer das suas! Pois ele que se meta com o nosso benfeitor! Ele é bem capaz de amordaçá-lo!

A confiança do marinheiro no protetor misterioso era absoluta, e efetivamente o poder oculto que até então se manifestara por tantos atos inexplicáveis parecia ser ilimitado; e talvez por isso mesmo soubesse escapar a todas as minuciosas pesquisas dos colonos, porque apesar de todos os esforços deles, de todo o seu zelo, mais que zelo, da tenacidade que empregaram na exploração da ilha, não conseguiram localizar o esconderijo do ser misterioso.

De 19 a 25 de fevereiro os colonos exploraram a região setentrional da ilha Lincoln, cujos recantos e recônditos mais secretos foram esquadrinhados. Os colonos chegaram a sondar cada parede de rocha, como fazem os agentes de polícia nas paredes das casas suspeitas. O engenheiro levantou até uma planta exatíssima da montanha, que foi explorada até a altura do cone truncado que terminava o primeiro patamar de rochas, e depois até a aresta superior da enorme chapeleta, no fundo da qual se abria a cratera.

Os colonos fizeram mais: visitaram o abismo ainda apagado, mas em cujas profundezas ressoavam distintamente os ruídos subterrâneos. Mas fumaça, vapor ou aquecimento das paredes que anunciasse uma erupção próxima, nada! Ali, porém, como em qualquer outro ponto do monte Franklin, os colonos não encontraram o menor vestígio daquele que procuravam.

As investigações então dirigiram-se para as dunas. Ali as altas muralhas do golfo do Tubarão foram esquadrinhas, apesar de ser extremamente difícil chegar até ao nível do golfo. Mas nada! Ninguém!

A falta de resultados daquele trabalho extenuante acabou por causar uma certa irritação em Smith e seus companheiros.

Afinal de contas, começaram a pensar no retorno ao Palácio de Granito, porque as buscas não podiam seguir indefinidamente. Os colonos começavam a acreditar que o ente misterioso não residia na ilha, e a formular hipóteses amalucadas. Especialmente Nab e Pencroff, que já não agüentavam a singularidade do caso, e deixavam-se arrastar para o mundo sobrenatural.

No dia 25 de fevereiro os colonos retornaram ao Palácio de Granito, e dali a um mês comemoraram o terceiro aniversário da sua chegada à ilha Lincoln!

14

Novos Planos

Três anos já haviam passado desde a fuga dos prisioneiros de Richmond, e quantas vezes, durante este tempo, eles tinham falado da pátria, que traziam sempre no pensamento!

Nenhum deles duvidava de que a guerra civil já tivesse terminado, e todos achavam impossível que a justa causa do Norte deixasse de triunfar. Mas quais teriam sido os incidentes daquela guerra terrível? Quanto sangue teria sido derramado? Que amigos dos colonos teriam sucumbido na luta? Os colonos conversavam sempre sobre isso, e ansiavam por tornar a ver a pátria. Voltarem, ainda que por poucos dias, reatarem os laços sociais com o mundo habitado, estabelecerem comunicações entre a pátria e a ilha, depois passar a maior e melhor parte da vida na colônia que eles próprios tinham fundado, seria isto um sonho impossível?

Impossível não, mas este sonho só se realizaria através da passagem de um navio nas águas da ilha Lincoln, ou se os colonos conseguissem construir uma embarcação forte o suficiente para fazer viagens até as terras mais próximas.

— A não ser que o nosso gênio nos arranje meio de voltar à pátria! — dizia Pencroff.

A verdade é que se viessem dizer a Pencroff e Nab que um navio de trezentas toneladas os estava esperando no golfo do Tubarão ou em porto Balão, nenhum dos dois faria sequer um gesto de surpresa. Para eles, o ser misterioso tudo podia.

Smith, porém, que era menos crédulo, aconselhou-os que voltassem à realidade; e este conselho veio a propósito da construção de uma embarcação, trabalho urgente, já que tinha como finalidade ir até a ilha Tabor, para deixar uma nota que indicasse a nova residência de Ayrton.

Como o *Bonadventure* já não existia, eram necessários pelo menos seis meses para construir outro navio. O inverno vinha chegando, e a viagem não poderia ser feita antes da próxima primavera.

– Teremos tempo de sobra para estarmos preparados para a estação adequada – dizia o engenheiro para Pencroff. – Portanto, amigo, o melhor a fazer é construir uma embarcação maior. A vinda do iate escocês até a ilha Tabor é uma incógnita. Isso já pode ter ocorrido. Neste caso, o melhor seria construir um navio que, em caso de necessidade, nos pudesse transportar até aos arquipélagos polinésios, ou mesmo até a Nova Zelândia. O que acham disto?

– Temos ferramentas e madeira para construirmos um barco pequeno, ou um barco grande, senhor Cyrus. A questão é apenas tempo – respondeu Pencroff.

– Quantos meses levaríamos para construir um navio de duzentos e cinqüenta a trezentas toneladas? – perguntou Smith.

– Sete ou oito meses, pelo menos – respondeu Pencroff.

– Não devemos esquecer do inverno se aproxima. O frio dificulta o trabalho com a madeira, e teremos algumas semanas de ociosidade forçada. Será uma sorte se acabarmos o navio em novembro.

– Melhor ainda, porque é esta a época mais propícia para empreendermos uma viagem, quer seja até a ilha Tabor, quer seja uma terra mais distante – disse Smith.

– É verdade – concordou Pencroff. – Então faça o projeto, porque eu tratarei de executá-lo, e Ayrton poderá me ajudar.

Todos os colonos concordaram com os planos do engenheiro.

Apesar da construção de um navio de duzentas a trezentas toneladas ser um trabalho de vulto, os colonos tinham confiança em si próprios, justificada até mesmo pelos êxitos já obtidos. Assim, Smith tratou de projetar o navio, determinando-lhe as forças e dimensões do casco.

Enquanto o engenheiro ocupava-se disto, seus companheiros ocupavam-se com o corte e condução da madeira que seria utilizada. Na floresta de Faroeste eles escolheram as melhores árvores, carvalhos e olmos. As árvores cortadas foram transportadas para as Chaminés, onde se estabeleceu o estaleiro.

Era importante cortar e serrar prontamente as madeiras, porque não se podiam empregar madeiras verdes, sendo necessário deixar ao tempo o cuidado de as secar. Portanto, os colonos trabalharam arduamente durante todo o mês de abril. Mestre Jup lhes prestou grande ajuda, ora trepando ao topo de alguma árvore para lá amarrar uma corda, ora carregando os troncos.

Toda a madeira foi empilhada debaixo de um grande telheiro de madeira, construído perto das Chaminés, e então os colonos ficaram esperando o momento oportuno de começar o trabalho.

Durante o mês de abril o tempo manteve-se bom. Os trabalhos de lavoura e edificação prosseguiram com afinco, e em pouco tempo já não havia mais vestígios de devastação no platô da Vista Grande. O moinho foi reconstruído, assim como a granja, que foi ampliada. Nas cavalariças haviam agora cinco jumentos, quatro dos quais já eram bem vigorosos, e treinados para puxarem a carroça. Os colonos haviam distribuído o trabalho entre si, de forma que não havia braços ociosos. Todos gozavam de boa saúde, e faziam mil planos para o futuro!

Ayrton agora havia se integrado à colônia, e passara a morar no Palácio de Granito. O ex-contramestre, porém, continuava triste e pouco comunicativo, preferindo a companhia dos colonos mais no trabalho do que nas alegrias, apesar de saber que era estimado e considerado por todos.

130

O curral, no entanto, não foi abandonado. De dois em dois dias, um dos colonos ia lá cuidar dos carneiros e cabras, trazendo o leite necessário para a cozinha. Estas excursões eram ao mesmo tempo ensejo para caçar. Por esta razão Harbert e Spilett, sempre na companhia de Top, eram os que mais iam até o curral, já que eram os melhores caçadores. E nunca deixavam de trazer alguma apetitosa caça para casa.

O telégrafo entre o Palácio de Granito e o curral já fora reparado, e funcionava sempre que um ou outro dos colonos ia ao curral e julgava necessário passar lá a noite. De resto, na ilha agora reinava a mais completa segurança, e ninguém receava ser agredido, pelo menos por homens.

Temia-se, principalmente depois dos últimos acontecimentos, o desembarque de piratas ou degredados. Era mesmo possível que alguns cúmplices de Bob Harvey, ainda presos em Norfolk, soubessem de seus planos e tentassem segui-lo. Os colonos, portanto, nunca deixavam de vigiar os pontos de desembarque da ilha, e todos os dias percorriam com a luneta o amplo horizonte que cercava a baía da União e a baía Washington. Quando iam para o curral, examinavam com o mesmo cuidado a parte oeste do mar, e elevando-se por cima do contraforte, conseguiam percorrer com os olhos um grande setor do horizonte ocidental. E ainda que não houvesse motivos de preocupação, era melhor ter cautela.

Por isso o engenheiro propôs aos colonos um plano de fortificação do curral. Achava prudente levantar mais a paliçada, construindo também bunkers onde os colonos, em caso de necessidade, pudessem defender-se contra inimigos mais numerosos. O Palácio de Granito podia ser considerado inexpugnável, pela sua própria posição, mas o curral, com suas edificações e reservas, e os animais que estavam lá dentro, havia de ser sempre o objetivo de qualquer bandido que viesse a desembarcar na ilha. Se fosse preciso que os colonos ficassem entrincheirados ali, era preciso preparar as coisas para que pudessem resistir com vantagem. Os colonos decidiram então colocar este plano em prática somente na próxima primavera.

Em meados de maio a quilha da nova embarcação já estava no estaleiro, e dali a pouco tanto a roda de proa como a de ré erguiam-se perpendicularmente encravadas nas extremidades dela. A quilha era de carvalho, e tinha uns 30 metros de comprimento, o que permitiu dar à viga mestra uma largura de quase dez metros. Foi isto que os carpinteiros puderam fazer antes do mau tempo. Na semana seguinte ainda se cravaram no lugar as primeiras cavernas de ré; mas foi preciso suspender os trabalhos.

Nos últimos dias do mês, o tempo esteve péssimo. O vento soprava de leste, e por vezes com violência de furacão. O engenheiro chegou a preocupar-se com os telheiros do estaleiro. Por sorte, nada de mais grave aconteceu.

Pencroff e Ayrton eram os mais entusiasmados com o novo navio, e continuaram o trabalho enquanto puderam. Não se preocupavam com o vento nem a chuva gelada, concordando que uma martelada é tão proveitosa com mau tempo quanto com bom tempo. Logo, porém, começou o frio intenso, e o trabalho tornou-se dificílimo. No dia 10 de junho tiveram que suspender definitivamente todos os trabalhos de construção do barco.

Os colonos já tinham experimentado os rigores da temperatura durante os invernos da ilha Lincoln. O frio era ali comparável ao que se sente nos Estados da Nova Inglaterra, situados pouco mais ou menos à mesma distância do Equador que a nossa ilha. Ora, se no hemisfério boreal, ou pelo menos na parte dele que ocupa a Nova Bretanha e o norte dos Estados Unidos, se explica este fenômeno pela forma achatada de territórios que vão entestar no pólo, e onde nenhuma intumescência do solo opõe obstáculo aos ventos hiperbóreos, pelo que diz respeito à ilha Lincoln tal explicação não era aplicável.

— Tem-se até observado — dizia um dia Cyrus aos seus companheiros, — que para latitudes iguais, as ilhas e as regiões de litoral sofrem menos que as regiões mediterrâneas. Ouvi já mais de uma vez afirmar que os invernos da Lom-

132

bardia, por exemplo, são mais rigorosos que os da Escócia; fato este que depende provavelmente de que o mar restitui no inverno às terras próximas os calores que absorve no estio. Assim as ilhas são os territórios que mais têm a ganhar com tal restituição.

– Mas, sendo assim, senhor Cyrus, porque isto não acontece na ilha Lincoln?

– Difícil explicar. Entretanto parece-me razoável admitir que esta singularidade depende da situação da ilha no hemisfério austral, que é mais frio que o boreal.

– Sim – disse Harbert; – no austral até se encontram os gelos flutuantes em altitudes muito mais baixas do que ao norte do Pacífico.

– É verdade – respondeu Pencroff, – quando eu andava nos baleeiros vi *icebergs* até em frente do cabo Horne.

– Talvez o inverno rigoroso da ilha Lincoln tenha explicação na presença de alguns gelos ou bancos de gelo que estejam a pequena distância daqui – disse Spilett.

– Tal explicação, meu caro Spilett, é possível – respondeu Smith. – Pode ser a proximidade de algum banco de gelo que torne os invernos aqui tão rigorosos. E devo acrescentar que há uma causa inteiramente física que torna o hemisfério austral mais frio que o boreal. Efetivamente, pela mesma razão que o sol está mais próximo deste hemisfério no verão, está mais afastado dele no inverno. E este fato explica a existência do excesso de temperatura nos dois sentidos; por isso nós achamos os invernos muito frios na ilha Lincoln, e em compensação os verões muito quentes.

– Mas por que razão – perguntou Pencroff, franzindo o sobrolho, – o nosso hemisfério é tão mal atendido na partilha? Que espécie de justiça é essa?

– Meu caro Pencroff – respondeu Smith, sorrindo, – o caso é que, justo ou injusto, temos que agüentar a situação, cuja particularidade provém do seguinte: a terra não descreve um círculo em torno do sol, mas sim uma elipse, em obediência às leis da mecânica racional. A terra está num dos focos dessa elipse, e portanto quando a percorre há uma certa época em que está no apogeu, isto é, no ponto mais afastado do sol, e outra em que está no perigeu, isto é, no ponto mais próximo do sol. Ora, acontece que durante o inverno das regiões austrais, a terra está no ponto da sua órbita mais distante do sol, e assim estas áreas sofrem mais com o frio. Nada podemos fazer contra isto. Na ordem cosmográfica estabelecida por Deus, os homens nunca poderão fazer a menor modificação, por maior que seja a ciência que venham a possuir.

– Entretanto – insistiu o teimoso Pencroff, – os homens sabem muito! Daria um livro enorme se escrevêssemos tudo o que hoje já conhecemos.

– E daria um livro muito maior com tudo o que não sabemos! – retorquiu Smith.

Enfim, por uma razão ou outra, o mês de junho trouxe muito frio, e os colonos viram-se obrigados a permanecerem a maior parte do tempo no Palácio de Granito. Esta era uma dura prova para todos, e em especial para Spilett.

– Daria toda a fortuna que eu possa um dia ter, se conseguisse um jornal qualquer! – disse ele a Nab. – O que me faz mais falta é não saber, todas as manhãs, o que aconteceu ontem longe daqui!

– Pois a mim, o que mais me preocupa são os afazeres cotidianos – respondeu Nab, rindo muito.

E a verdade é que ali não faltava trabalho.

A colônia da ilha Lincoln encontrava-se no auge da prosperidade, resultado direto de três anos de árdua labuta. O incidente com o navio pirata havia acabado por trazer novas riquezas. Isso sem falar que agora os armazéns do Palácio de Granito estavam abarrotados com todo o necessário para a construção de uma nova embarcação. A roupa branca e o feltro eram abundantes, e os colonos não precisavam preocupar-se com frio.

Assim se passaram os meses de inverno, junho, julho e agosto, que foram rigorosíssimos, ficando a temperatura média em torno de −14° C. Homens e animais, contudo, passaram bem. Como Mestre Jup era um pouco friorento, fizeram para ele um bom agasalho.

No decurso dos sete meses que se passaram desde as última pesquisas realizadas ao redor da montanha, e durante o mês de setembro, quando o tempo tornou a firmar, não se pensou mais no estranho ser misterioso, mesmo porque a influência dele não se manifestou.

Smith notou que tanto Top quanto Mestre Jup já não ficavam mais inquietos, e até mesmo deixaram de andar em volta da boca do poço. Será que o enigma desta ilha misteriosa não seria nunca solucionado? Quem sabe se algum acontecimento não traria à cena novamente o misterioso personagem? Quem sabe o que o futuro lhes reservava?

Afinal acabou o inverno; mas logo nos primeiros dias que anunciaram a primavera, houve um acontecimento, cujas conseqüências podiam ser graves.

No dia 7 de setembro, Cyrus Smith estava observando o cume do monte Franklin, quando viu levantar-se por sobre a cratera uma coluna de fumaça, que se projetava no ar.

135

15

FIM DO MISTÉRIO

Os colonos, avisados por Smith, largaram o trabalho e vieram contemplar em silêncio o cume do monte Franklin.

Era claro que o vulcão despertara, e que os vapores tinham atravessado a camada mineral que obstruía o fundo da cratera. Mas haveria uma erupção? Isso, ninguém podia prever.

Entretanto, mesmo que houvesse erupção, não era provável que fosse grande o bastante para colocar em risco a ilha. Os derramamentos de materiais vulcânicos nem sempre são desastrosos. A ilha, como bem mostravam os caudais de lavas arrefecidos que listravam as vertentes setentrionais da montanha, mais de uma vez passaram por aquela prova. Além disto a cratera, por sua forma interna e pela boca que tinha cavada no seu topo, devia arremessar a lava para o lado oposto à parte fértil da ilha.

O passado, contudo, não era fiador seguro do futuro. No cume dos vulcões muitas vezes abrem-se crateras novas, e fecham-se outras antigas. Bastava que houvesse um tremor de terra, – fenômeno que algumas vezes acompanha as erupções vulcânicas, – para que a disposição interna da montanha se modificasse, abrindo-se nova via para as lavas.

Smith explicou tudo isso aos companheiros, e sem exagerar, fez-lhes conhecer todos os perigos da situação. Mas no final das contas, não havia coisa alguma a se fazer. O Palácio de Granito, há não ser que algum tremor de terra abalasse o

136

Os colonos largaram o trabalho e vieram contemplar, em silêncio, o cume do monte Franklin.

chão, nada tinha a recear. O curral, porém, é que estava seriamente ameaçado, caso viesse a se abrir alguma cratera nova na vertente sul do monte Franklin.

A partir daquele dia, os colonos nunca mais deixaram de ver a coluna de fumaça no topo do monte Franklin; e notaram que esta fumaça ia aumentando, dia a dia, em altura e espessura.

Entretanto, com o bom tempo, os trabalhos recomeçaram. A construção do navio caminhava com a maior pressa possível, e pelo final de setembro o casco do navio já erguia-se no estaleiro.

O trabalho no navio foi suspenso pelo espaço de uma semana, por causa da colheita de trigo, preparação do feno e da estocagem dos diferentes produtos agrícolas que abundavam no platô da Vista Grande. Concluída esta tarefa, todos os instantes dos colonos foram consagrados ao acabamento da escuna.

Quando chegava a noite, os trabalhadores estavam exaustos. Para não perderem tempo, almoçavam ao meio-dia, e jantavam quando o sol se punha. Aí então voltavam ao Palácio de Granito, indo logo dormir.

Uma vez ou outra, contudo, eles demoravam mais para dormir, e ficavam discorrendo com prazer acerca das mudanças que poderia trazer à situação deles a primeira viagem de escuna às terras mais próximas. No meio de todos estes projetos, contudo, dominava sempre o pensamento de depois regressarem à ilha Lincoln. Aquela colônia, fundada com tantos trabalhos e vitórias, e à qual as futuras comunicações com a América haveriam de trazer um maior desenvolvimento, não tencionavam abandoná-la nunca, principalmente Nab e Pencroff, que tinham esperança de acabarem ali os seus dias.

— Harbert — dizia o marinheiro, — você nunca abandonará a ilha, não é?

— Nunca, Pencroff, ainda mais se você decidir ficar aqui!

— Estou decidido, rapaz! — respondeu Pencroff. — Traremos esposas e filhos, e tratarei de fazê-los valentes!

– Combinado! – dizia Harbert, rindo e corando ao mesmo tempo.

– E o senhor Cyrus será sempre o governador da ilha! – continuava Pencroff, entusiasmado. – Ora, ora! Quantos habitantes poderão viver aqui? Dez mil, pelo menos!

Conversavam desta maneira e deixavam brilhar a imaginação de Pencroff:

– O senhor Spilett fundará um jornal, o *New-Lincoln-Herald!*

Ayrton, silencioso, só pensava em voltar a ver lorde Glenarvan e mostrar a todos que estava reabilitado.

Uma tarde, a 15 de outubro, a conversa prolongou-se mais do que o costume. Eram já nove horas da noite; os enormes bocejos mal disfarçados marcavam a hora do repouso, e Pencroff acabava de se dirigir à cama quando a campainha do telégrafo tocou.

Mas, se estavam todos ali!

Smith levantou-se, enquanto seus companheiros olhavam uns para os outros, pensando que talvez tivessem escutado mal.

– O que isto quer dizer? – exclamou Nab. – Quem será que tocou a campainha?

Ninguém respondeu.

– O tempo está tempestuoso – observou Harbert. – Pode ser a influência da eletricidade...

Harbert não acabou a frase. O engenheiro, para quem todos olhavam em busca de uma resposta, abanava a cabeça negativamente.

– Vamos esperar. Se isto foi um sinal, seja lá quem o mandou, irá repeti-lo – disse Spilett.

– Quem quer que seja? – exclamou Nab.

– Mas – disse Pencroff, – aquele que...

A frase do marinheiro foi interrompida pela campainha do telégrafo.

139

Cyrus então aproximou-se do aparelho, e telegrafou:

– O que quer?

Alguns momentos depois, chegou a resposta:

"Venha para o curral o mais depressa possível".

– Finalmente! – exclamou Smith.

Sim! Finalmente o mistério iria desvendar-se. Apesar de todo o cansaço, os colonos correram para o curral.

A noite estava escura. Grandes nuvens tempestuosas interceptavam qualquer claridade. O horizonte era iluminado apenas por relâmpagos.

A escuridão, por maior que fosse, não impediria os colonos de andar, acostumados como estavam ao caminho do curral. Subiram pela margem esquerda do Mercy, atingiram o platô, passaram a ponte do riacho Glicerina e continuaram através da floresta.

Caminhavam apressados, vivamente emocionados. Eles estavam certos de que, finalmente, iriam decifrar aquele enigma, o nome daquele ente misterioso, tão importante na vida deles, tão generoso na sua influência, tão poderoso no seu proceder! E na verdade não era preciso que aquele desconhecido os conhecesse bem, que escutasse tudo o que se dizia no Palácio de Granito, para ter podido proceder sempre assim, tão a propósito?

Durante a caminhada, os colonos não escutaram o menor ruído. Nenhum sopro de vento agitava as folhas, e só os passos dos colonos ressoavam no solo endurecido.

Durante o primeiro quarto de hora, o silêncio só foi interrompido por Pencroff:

– Devíamos ter trazido uma lanterna.

– Acharemos uma no curral – limitou-se a dizer Smith.

Quando os colonos aproximaram-se do curral, os relâmpagos aumentaram de intensidade. Era evidente que a tempestade não tardaria a desencadear-se.

140

Os colonos caminhavam como que impelidos por uma força irresistível, e assim que entraram no curral, a tempestade desabou com extraordinária violência. Atravessaram o curral rapidamente e então Smith achou-se em frente da habitação.

Era possível que a casa estivesse habitada pelo desconhecido, já que o telégrafo tinha sido acionado. Contudo, não se via luz nenhuma através das janelas.

O engenheiro bateu à porta, mas não obteve resposta. Ele então abriu a porta, e os colonos entraram no quarto que estava na mais completa escuridão.

Nab então acendeu a lanterna, iluminando todos os cantos do quarto...

Ali não havia ninguém, e tudo estava como os colonos haviam deixado.

– Fomos vítimas de alguma ilusão? – murmurou Smith. – Não, não é possível! O telegrama era muito claro! Dizia para virmos para o curral, correndo!

Aproximaram-se então da mesa do telégrafo. Tudo estava no seu lugar.

– Quem foi o último que veio aqui? – perguntou o engenheiro.

– Eu, senhor Smith – respondeu Ayrton.

– Quando?

– Há quatro dias.

– Ah! Tem algo escrito aqui! – exclamou Harbert, mostrando um papel em cima da mesa.

O bilhete dizia simplesmente: "Sigam o novo fio."

– Vamos! – exclamou Smith, compreendendo que o telegrama não tinha sido expedido do curral, mas sim da misteriosa morada do benfeitor secreto.

Nab então apanhou a lanterna e todos deixaram o curral.

A tempestade continuava bem forte, e os colonos acharam o novo fio de telégrafo graças a um relâmpago. O fio estava envolvido numa capa isolante, como se fosse um cabo submarino. Pela direção que levava, parecia que iria atravessar os bosques e contrafortes meridionais da montanha, e por conseqüência correndo para oeste.

— Vamos segui-lo! — disse Smith.

E os colonos, ora à luz da lanterna, ora em meio dos fulgurantes clarões dos relâmpagos, seguiram rapidamente o caminho traçado pelo fio.

O ribombo do trovão era contínuo e tão violento que não se ouvia uma palavra que se dissesse.

Smith e seus companheiros começaram a subir o contraforte, que se erguia entre os dois vales do curral e do rio da Queda, atravessando o rio no ponto em que era mais estreito. O fio que ora assentava nas ramadas baixas do arvoredo, ora no próprio terreno, continuava a guiá-los com toda a segurança.

O engenheiro pensava que o fio iria acabar no fundo do vale, e que aí fosse a morada escondida do misterioso benfeitor. Mas não era assim.

Os colonos tiveram que subir pelo contraforte de sudoeste, descer de novo até o árido platô que encimava a singular muralha. De vez em quando, algum dos colonos abaixava-se e apalpava o fio, para certificarem-se do caminho. Não havia mais dúvida de que o fio ia direto para o mar. Ali, sem dúvida, em algum recanto profundo das rochas, é que se ocultaria a tão procurada habitação.

O céu chamejava. Os relâmpagos sucediam-se sem intervalo. Muitos dos raios batiam no topo do vulcão e eram engolidos pela cratera em meio da espessa fumaça. Por instantes pareceu que a montanha lançava chamas.

Pouco antes das dez horas os colonos chegaram ao elevado extremo do platô, de onde se avistava o oceano a oeste. A ventania era grande. O oceano rugia a cento e cinqüenta metros de profundidade.

Cyrus calculou que eles haviam caminhado cerca de dois quilômetros do curral até ali.

Naquele ponto o fio metia-se por entre os penedos, seguindo pela vertente de um barranco estreito e caprichosamente traçado.

Os colonos, temendo escorregarem nas pedras e caírem no mar, desceram barranco abaixo. A descida era extremamente perigosa, mas eles nem se lembravam do perigo: uma força irresistível os atraía para aquele ponto misterioso como o imã atrai o ferro. Desceram quase que inconscientemente por aquele barranco, o que mesmo à luz do dia seria difícil. Cyrus ia à frente, Ayrton na retaguarda, e ora caminhando, ora escorregando, continuavam sempre a caminhar.

De repente o fio fez uma curva repentina, indo dar nos rochedos da praia. Os colonos tinham então chegado ao limite inferior da muralha de pedra.

A partir dali começava uma estreita saliência que corria em direção horizontal, paralelamente ao mar. O fio seguia por ali, e foi por ali que os colonos se meteram. Mas antes de darem uns cem passos, a saliência transformou-se em declive moderado até chegar ao nível das ondas.

O engenheiro agarrou o fio, e viu que ele entrava mar adentro. Seus companheiros, ao lado, pararam estupefatos. Soltaram então um grito de desconsolo, quase desespero. Teriam que meter-se na água, procurar alguma caverna submarina? Pois muito bem, eles não hesitariam em fazer isso!

Mas um gesto de Smith os fez parar. Ele levou os companheiros para um abrigo entre os rochedos e disse:

— Esperemos. A maré está alta. Quando baixar, o caminho estará aberto.

— Porque acha isso?... — perguntou Pencroff.

— Ele não nos chamaria, se não fosse possível chegar até junto dele!

Smith falava com tanta convicção, que ninguém objetou. Além do que, sua observação era lógica. Deveria realmente haver no sopé da muralha alguma abertura invisível, que só seria revelada na maré baixa.

O caso, pois, estava em esperar algumas horas. E assim os colonos ficaram ali, em silêncio. Estavam extremamente comovidos, e mil idéias extravagantes lhes passavam pela mente.

À meia-noite Cyrus desceu até ao nível da praia, levando a lanterna, a fim de observar a disposição dos rochedos. Havia duas horas que a água começara a descer.

O engenheiro não se enganara. Acima do nível das águas já começava a aparecer o arco da abóbada de uma grande cavidade; e o fio fazia uma curva, penetrando por aquela boca aberta.

Cyrus voltou para junto dos companheiros, dizendo simplesmente:

— Daqui a uma hora a abertura estará acessível.

— Então, ela sempre existiu? — espantou-se Pencroff.

— Pois você duvidou alguma vez da existência dela? — perguntou Smith.

— Então, essa caverna deve conservar água até uma determinada altura, sempre — advertiu Harbert.

— Se a caverna secar completamente — respondeu Smith, — poderemos percorrê-la a pé, senão haverá algum meio de transporte à nossa disposição.

Uma hora depois todos desceram, ainda debaixo de chuva. Nas três horas decorridas, o nível das águas descera cerca de cinco metros. O ponto mais elevado do arco traçado pela abóbada estava há pelo menos três metros acima do nível atual do oceano. Parecia um arco de ponte, por baixo da qual iam passando águas espumantes.

O engenheiro debruçou-se e viu um objeto escuro boiando na água, e puxou-o para si.

Era um barco, preso por uma amarra à uma saliência interna da parede. Ali estavam dois remos.

— Embarquem — disse Smith.

144

Dali a pouco os colonos estavam no barco. Nab e Ayrton manejavam os remos; Pencroff tomou o leme e Smith ia na proa, com a lanterna iluminando o caminho.

A abóbada muito achatada, por debaixo da qual navegava o barco, elevou-se repentinamente; a escuridão, porém, era demasiado profunda e a luz da lanterna insuficiente, para que fosse possível reconhecer a extensão da caverna, quer em largura, quer em altura, quer em profundidade. Ali reinava um silêncio que impunha respeito. Nenhum ruído penetrava a espessura daquelas paredes.

A caverna estendia-se, certamente, até ao centro da ilha! Havia já um quarto de hora que o barco avançava por ela, mas dando voltas e rodeios que o engenheiro indicava a Pencroff. De repente, Cyrus ordenou:

— Mais para a direita!

E a embarcação, modificando sua direção, veio encostar-se à parede direita da caverna, junto da qual o engenheiro, com razão, pretendia ver se o fio continuava a correr.

E realmente ali estava ele, pendurado nas saliências da rocha.

— Em frente! — disse então Smith.

E os dois remos, mergulhando na escuridão das águas, arrastaram a embarcação.

O barco navegou ainda mais um quarto de hora; teria andado, desde a boca da caverna quase um quilômetro, quando Cyrus ordenou:

— Pare!

O barco parou, e os colonos viram uma luz intensa, que iluminava aquela cripta, tão profundamente cavada nas entranhas da ilha.

Só então puderam examinar a caverna, de cuja existência sequer suspeitavam.

A uns 30 metros de altura acima do nível das águas encurvava-se uma abóbada, apoiada em colunas que pareci-

145

am ter sido formadas em tempos remotos. Os traços basálticos encaixados uns nos outros mediam nove ou dez metros, e as águas tranqüilas, apesar da agitação do mar lá fora, vinham banhar-lhes a base. O fulgor do foco de luz que o engenheiro avistara, penetrava pelas paredes como se estas fossem diáfanas, e dando em cada uma das arestas prismáticas, fazia-as cintilarem. E em virtude da refração na superfície da água, reproduzindo todas aquelas cintilações, dava a impressão de que o barco navegava entre duas zonas de luz.

A um sinal de Cyrus, recomeçaram a remar, e o barco navegou direto ao foco luminoso. Bem próximo a ele, a largura do lençol de água era de uns 100 metros, e para além do centro deslumbrante era possível ver uma enorme parede basáltica que fechava a caverna por aquele lado. A caverna, como se vê, era ali muito larga, e as águas que lhe cobriam o pavimento formavam um pequeno lago. Mas a abóbada, as paredes laterais, a muralha do cabeçal, todos os prismas, cilindros, cones, estavam mergulhados no fluido elétrico, a ponto do brilho parecer natural, como se estes pedaços de pedra fossem brilhantes lapidados, que suavam luz!

Ao centro, um objeto fusiforme flutuava à superfície das águas, silencioso, imóvel.

A luz que este objeto emitia saía-lhe dos flancos como de duas bocas de forno aquecido. Este aparelho, semelhante ao corpo de um enorme cetáceo, tinha o comprimento de cerca de 60 metros e elevava-se de 3 a 4 metros acima do nível do mar.

A lancha aproximou-se lentamente. De pé na proa, Smith olhava atentamente, possuído de violenta agitação.

– Mas é ele! Não pode ser outro senão ele!...

Depois sentou-se no barco, murmurando um nome que só Spilett ouviu. De certo o repórter conhecia o nome, que produziu nele um efeito prodigioso, e respondeu com voz sumida:

– Ele! Um homem fora do comum!

146

— Ele! — disse Cyrus Smith.

Por ordem do engenheiro, o barco aproximou-se pelo lado esquerdo do estranho aparelho flutuante, do qual saía um facho de luz através de um espesso vidro.

Smith e seus companheiros subiram à plataforma. Havia ali uma abertura, pela qual todos entraram. Ao fundo da escada havia uma pequena ponte interior, iluminada por meio de eletricidade, e na extremidade da ponte havia uma porta, a qual Cyrus empurrou.

Os colonos atravessaram rapidamente uma sala ricamente adornada, que ligava-se a uma biblioteca, cujo teto luminoso derramava uma torrente de luz.

Ao fundo da biblioteca via-se uma porta enorme, a qual o engenheiro também abriu.

Um vasto salão, espécie de museu, onde estavam amontoados tesouros da espécie mineral, obras de arte e maravilhas da indústria, apareceu então aos olhos dos colonos, que se julgaram transportados a algum palácio encantado do reino das fadas.

Estendido sobre um riquíssimo divã viram um homem, que não pareceu notar a entrada deles.

Então Smith levantou a voz, e para a surpresa de todos os companheiros, disse:

— Capitão Nemo, o senhor nos chamou? Pois aqui estamos!

16
O CAPITÃO NEMO

A estas palavras, o homem que estava deitado levantou-se, e os colonos então puderam vê-lo bem: cabeça magnífica, testa alta, olhar altivo, barba branca e cabelo espesso. Apoiou a mão no espaldar do divã de que se levantara. Tinha o olhar sereno. Via-se que alguma lenta enfermidade o fazia definhar pouco a pouco, mas a voz pareceu bem forte quando disse, num tom que denunciava extraordinária surpresa:

– Não tenho nome, senhor.

– Eu o conheço! – respondeu Cyrus Smith.

O capitão Nemo olhou o engenheiro com olhar exaltado, como se quisesse aniquilá-lo. Depois, deixou-se cair novamente no divã:

– Que importa – murmurou, – se vou morrer!

Smith aproximou-se então do capitão Nemo, e Spilett segurou-lhe a mão, que estava bem quente. Ayrton, Pencroff, Harbert e Nab, conservavam-se respeitosamente de lado num canto do magnífico salão, cuja atmosfera estava saturada de emanações elétricas.

O capitão Nemo então retirou a mão que Spilett conservava entre as suas e fez um aceno, convidando o engenheiro e o repórter a sentarem-se.

Todos o olhavam com verdadeira comoção. Então aquele era o homem a quem chamavam de "gênio da ilha", o ente poderoso cuja intervenção havia sido tão eficaz em tantos momentos, e a quem deviam tantos agradecimentos! Onde

Pencroff e Nab esperavam encontrar um semideus havia apenas um homem, e esse homem estava quase a morrer! Mas como Cyrus conhecia o capitão Nemo? E porque este ficara tão admirado ao ouvir pronunciar um nome que julgava ser ignorado?...

O capitão tornou a sentar-se, e olhou atentamente para o engenheiro:

— Conhece então o meu nome, senhor? — perguntou.

— Sim — respondeu Smith, — assim como sei o nome deste admirável submarino.

— O *Nautilus?*— disse o capitão sorrindo.

— O *Nautilus*.

— Mas... sabe quem eu sou?

— Sei.

— Contudo, há mais de trinta anos que não me comunico com o mundo, trinta anos que tenho vivido nas profundezas do mar, único lugar onde encontrei a independência! Quem traiu o meu segredo?

— Um homem que não tinha compromisso algum com o senhor, capitão Nemo, e portanto não pode ser acusado de traição.

— Aquele francês que o acaso trouxe ao meu navio há dezesseis anos?

— Ele mesmo.

— Esse homem e os dois companheiros não morreram no maelstrom, onde o *Nautilus* se internara?

— Não morreram, capitão, e até apareceu, com o título de *Vinte Mil Léguas Submarinas*, uma obra que conta a sua história.

— Apenas alguns meses da minha história, senhor! — respondeu vivamente o capitão.

— É verdade — replicou Cyrus, — mas esses poucos meses de sua extraordinária vida bastam para fazê-lo conhecido...

– Sem dúvida como um grande criminoso! – respondeu o capitão Nemo, sorrindo com altivez. – Um revoltado, exilado da humanidade.

O engenheiro não respondeu.

– O que me diz? – insistiu o capitão.

– Não me cumpre julgar o capitão Nemo, muito menos no que diz respeito à sua vida passada. Ignoro, como todos, quais foram as causas desta estranha existência, e não posso julgar os efeitos sem conhecer as causas; o que sei é que desde a nossa chegada à esta ilha, o senhor estendeu constantemente sua mão benéfica sobre nós, e que devemos a vida a este ente bom, generoso, poderoso, que é o senhor, capitão Nemo!

– Sou eu – respondeu ele simplesmente.

O engenheiro e o repórter tinham-se levantado. Os companheiros aproximaram-se dos dois, e iam começar a expressar a imensa gratidão que sentiam por aquele homem, quando o capitão Nemo os interrompeu:

– Depois de me ouvirem.

E o capitão, em poucas e concisas frases, contou toda a sua vida.

Apesar de ser breve a narração, o capitão teve que concentrar em si toda a energia que ainda conservava para poder terminá-la. Era evidente que o narrador lutava contra um estado de grande fraqueza. Mais de uma vez Cyrus o convidou a descansar por alguns momentos; o capitão, porém, abanara a cabeça, como quem já não conta nem com o dia seguinte, e quando o repórter ofereceu-se para tratá-lo, ele respondeu:

– Inútil... Minhas horas estão contadas.

O capitão Nemo nascera na Índia. Era o príncipe Dakkar, filho de um rajá do então independente território de Bundelkund, e sobrinho do herói da Índia, Tippo-Saib. O pai do capitão o mandara, aos dez anos de idade, para a Europa, para que ele recebesse uma educação completa, mas

150

com o intuito secreto de poder lutar, mais tarde, de igual para igual contra aqueles que seu pai considerava como os opressores da sua pátria.

Dos dez aos trinta anos o príncipe Dakkar, dotado de inteligência superior, instruiu-se em tudo, e seja nas ciências, nas letras ou nas artes, levou seus estudos a fundo. O príncipe Dakkar viajou por toda a Europa. O seu nascimento e fortuna faziam com que fosse muito apreciado e procurado, mas as seduções do mundo nunca tiveram grande atração sobre ele. Apesar de jovem e belo, conservou-se sério, sombrio até, devorado pela sede insaciável de aprender, porque trazia no coração um ressentimento implacável. O príncipe Dakkar odiava. Odiava o único país onde nunca quisera pôr os seus pés, a única nação cujos lisonjeiros convites recusara sempre. Odiava a Inglaterra, e o seu ódio era ainda mais profundo, porque via-se obrigado a admirá-la em diversos aspectos.

É porque ele resumia em si todos os ódios do vencido contra o vencedor. No coração do dominado não havia lugar para perdoar o dominador. O filho de um daqueles soberanos cuja escravidão o Reino Unido só nominalmente lograra assegurar, aquele príncipe da família de Tippo-Saib, educado como fora nas idéias de reivindicação e vingança, com o coração cheio de inextinguível amor pela sua poética pátria algemada pelos ingleses, não quis pôr os pés naquela terra por ele maldita, à qual a Índia devia a sua escravidão.

Dakkar tornou-se um artista que se impressionava com as maravilhas da arte, um homem de ciência a quem nenhum dos mais elevados pontos das ciências era desconhecido, um homem de estado feito no convívio das cortes da Europa. Para quem o observasse desatentamente, o príncipe passava por um desses cosmopolitas, curiosos de saber, mas que desdenham o trabalho ativo; por um desses opulentos viajantes, espíritos altivos, mas platônicos, que durante a vida inteira correm o mundo, sem pertencerem a lugar algum.

Mas não era assim. Aquele cosmopolita, na verdade, era indiano. Alimentava o desejo da vingança, alimentava a esperança de um dia reivindicar os direitos do seu país, de expulsar de lá o estrangeiro, de dar à pátria a tão sonhada independência.

Com estas idéias Dakkar voltou à pátria em 1849, e ali casou-se com uma nobre compatriota, que também sofria com as desgraças da pátria. Deste casamento nasceram dois filhos, a quem o príncipe muito queria. Mas nem a felicidade doméstica era capaz de fazê-lo esquecer da escravidão da pátria. Dakkar esperava uma oportunidade, e ela finalmente apareceu.

O jugo inglês fazia sentir-se mais sobre as populações hindus. Dakkar aproveitou-se então dos sentimentos dos descontentes e transmitiu ao espírito deles todo o ódio que ele próprio sentia contra os ingleses. Nesse intuito o príncipe percorreu não só as regiões ainda independentes da Índia, mas também aquelas diretamente submetidas ao jugo inglês, lembrando a todos da época de Tippo-Saib, que morrera como herói, defendendo a pátria.

Em 1857 rebentou a grande revolta dos cipaios. Dakkar foi a alma de todos estes acontecimentos, sendo ele o organizador do levante. Os seus talentos, suas riquezas, tudo foi colocado à disposição da causa dos revoltosos. Ele arriscou sua própria vida combatendo sempre entre os primeiros e pondo a vida em risco como o mais humilde daqueles heróis que tinham se levantado para livrar a pátria do jugo estrangeiro; dez vezes foi ferido em combate, e em nenhum deles encontrou a morte, nem quando os últimos defensores da independência sucumbiram vítimas das balas inglesas.

O poder britânico na Índia nunca correra tanto risco, e se os cipaios tivessem encontrado mais auxílio, quem sabe o que teria acontecido com a influência e domínio do Reino Unido na Ásia?

O nome do príncipe Dakkar tornou-se então conhecido. E ele não se ocultou, lutando abertamente. Os ingleses colocaram sua cabeça a prêmio, e como ninguém o traiu, fizeram-no saber que seus pais, sua mulher e seus filhos corriam perigo...

O direito sucumbia mais uma vez diante da força, e os cipaios foram vencidos. A pátria dos antigos rajás caiu de novo sob o jugo da Inglaterra.

O príncipe Dakkar refugiou-se nas montanhas, e solitário, cheio de aversão por tudo quanto tivesse o nome do homem, com ódio e horror ao mundo civilizado, com a firme vontade de fugir dele sempre, recrutou vinte de seus homens mais fiéis, e desapareceu.

Aonde Dakkar iria procurar a independência que o mundo habitado lhe recusava? Debaixo das águas, nas profundezas dos mares, onde ninguém podia segui-lo.

Ao guerreiro seguiu-se o homem da ciência. Numa ilha deserta do Pacífico o príncipe estabeleceu o estaleiro onde construiu um barco submarino. A eletricidade, cuja incomensurável força mecânica o príncipe soube utilizar por meios que um dia ainda serão conhecidos, foi o único agente que se empregou para prover as necessidades do aparelho, seja como força motriz, fonte de iluminação e fonte de calor. O mar, com seus infinitos tesouros, suas miríades de peixes, com seus enormes mamíferos, provia amplamente todas as necessidades do príncipe e seus homens, e era isso o que tornava Dakkar mais feliz ainda, já que ali ele realizava o seu ardente desejo de não ter comunicação alguma com a terra. Chamou de *Nautilus* ao seu barco submarino, a si próprio de capitão Nemo, e desapareceu na profundeza dos mares.

Durante muitos anos o capitão visitou todos os oceanos, de um pólo a outro. Era um pária do universo habitado, mas naqueles mundos ignorados colheu admiráveis tesouros, como os tesouros perdidos pelos galeões espanhóis na baía de Vigo, recursos os quais ele colocou à disposição, sempre anonimamente, de todos os povos que lutavam pela independência.

Enfim, havia muito tempo que o príncipe não tinha comunicação alguma com seus semelhantes, quando na noite de 6 de novembro de 1866 lhe caíram a bordo três homens, um professor francês, o criado deste e um pescador do Canadá. Estes três homens caíram ao mar quando o *Nautilus* abalroou a fragata americana *Abraham Lincoln*, que o perseguia.

O capitão Nemo então ficou sabendo, através deste professor, que o *Nautilus* fora tomado ora por um mamífero gigantesco da família dos cetáceos, ora por um barco submarino tripulado por piratas, e que era vigiado e perseguido por todos os mares. O capitão Nemo podia devolver ao oceano os três homens que o acaso arremessara assim através da sua misteriosa existência. Mas ele não o fez, conservando-os como prisioneiros durante sete meses, quando então puderam contemplar todas as maravilhas de uma viagem de vinte mil léguas submarinas.

Um belo dia, porém, aqueles três homens que ignoravam o passado do capitão Nemo, conseguiram fugir apoderando-se de um escaler do *Nautilus*. Como naquela ocasião o submarino era arrastado para as costas da Noruega, nos vértices de um maelstrom, o capitão supôs que os fugitivos tivessem morrido afogados naquele terrível redemoinho. Ignorava que os três foram milagrosamente arrojados à costa, tendo sido salvos por pescadores da ilha Loffoden. O professor retornara à França, onde publicou a obra à qual Smith já se referira, desvendando à curiosidade pública as estranhas aventuras dos sete meses à bordo do *Nautilus*.

Por muito tempo o capitão Nemo continuou a viver da mesma forma, percorrendo todos os mares. Pouco a pouco, porém, seus companheiros foram morrendo, indo repousar no fundo do Pacífico. O *Nautilus* foi ficando vazio, até que finalmente, de todos os homens que tinham se refugiado nas profundezas do oceano, só restou o capitão Nemo.

Ele tinha então sessenta anos. Achando-se só, conseguiu levar o *Nautilus* para um dos portos submarinos que por vezes lhe serviam de escala. Este porto final era escavado sob a ilha Lincoln.

Havia seis anos que o capitão Nemo estava ali, sem navegar, esperando a morte, o momento de reunir-se aos com-

154

panheiros, quando por acaso assistira a queda do balão que trazia os prisioneiros de Richmond. Ele estava passeando debaixo da água com o seu mergulhador, à uma pequena distância da praia da ilha, no momento em que o engenheiro fora lançado ao mar. E levado por um sentimento de bondade... salvara Cyrus Smith.

A princípio ele quis fugir da proximidade dos cinco náufragos, mas o porto de abrigo tinha-se fechado, em virtude de um levantamento do basalto resultante das ações vulcânicas, e o *Nautilus* não podia abandonar o local.

Portanto o capitão Nemo teve que ficar, e pôs-se a observar aqueles homens lançados àquela ilha deserta, sem recurso algum. Não queria, porém, que eles o vissem. Pouco a pouco, como fosse conhecendo que os cinco pobres náufragos eram honrados, enérgicos e ligados uns aos outros por fraternal amizade, começou a se interessar pelos esforços e pela sorte deles. Mesmo contra sua vontade, sabia de todos os segredos da sua existência. Por meio do aparelho de mergulhar era fácil para ele chegar ao fundo do poço interior do Palácio de Granito, de onde, subindo pelas saliências das rochas, ouvia os colonos falarem sobre o passado e planejarem o presente e o futuro. Por eles soube do enorme esforço feito pela América contra si própria, no intuito de abolir a escravidão. Sim! Aqueles homens eram dignos de reconciliar o capitão Nemo com a humanidade, que tão honradamente representavam na ilha.

Nemo não só salvara Smith, como também guiara o cão para as Chaminés. Fora ele quem salvara Top no lago, quem lançara o caixote que tantos objetos úteis continha para os colonos, quem soltara o barco na correnteza do Mercy, quem lançara a escada para os colonos por ocasião do ataque dos macacos, quem lhes informara da presença de Ayrton na ilha Tabor, quem fizera voar pelos ares o navio pirata, quem salvara Harbert da morte trazendo-lhe o sulfato de quinino. Fora ele quem dera cabo dos piratas com balas elétricas, que eram um segredo seu, e que costumava utilizar nas caçadas submarinas... E assim se explicavam todos aqueles fatos que deviam parecer sobrenaturais, e que atestavam a generosidade e poder do capitão.

O pobre, todavia, ainda tinha sede de fazer o bem. E fosse porque sentia ter muitos conselhos úteis a dar aos seus protegidos, fosse porque sentia-se próximo do encontro com o grande Criador, sentia de novo bater no peito um coração humano. Por isso chamou os colonos, usando para isso uma linha telegráfica que ele próprio estabelecera entre o curral e o *Nautilus*. Mas quem sabe se o teria feito se soubesse que Smith conhecia tão bem sua história a ponto de chamá-lo pelo nome de capitão Nemo!

Assim, o capitão acabou de narrar toda a história da sua vida. Smith tomou então a palavra, e recordou-lhe todos os casos em que o capitão exercera sua influência benéfica sobre a colônia, agradecendo em seu nome e no dos amigos toda a bondade para com o ente generoso a quem tanto deviam, além de expressar a gratidão de todos da colônia.

O capitão Nemo, porém, não pensava em pagamento por todos os serviços que prestara. Agitava-lhe o espírito outra idéia, e antes de apertar a mão do engenheiro, disse:

— Agora, senhor, que conhece toda a minha vida, seja juiz dela.

O capitão referia-se a um incidente grave, testemunhado pelos três estrangeiros que recolhera a bordo, e que fora narrado no livro, causando terrível comoção.

Efetivamente, poucos dias antes da fuga do professor e seus dois companheiros, o *Nautilus*, perseguido por uma fragata ao norte do Atlântico, arremessara-se de encontro a ela sem dó nem piedade e tinha-a feito ir a pique.

Cyrus Smith, que compreendera a alusão, não respondeu.

— A fragata era inglesa, senhor — exclamou o capitão, transformando-se por momentos no príncipe Dakkar, — inglesa, ouviu bem? E além disso estava me atacando! E eu estava

156

preso numa baía estreita e pouco profunda! Eu precisava abrir passagem... e abri!

E então, mais calmo, acrescentou:

– A justiça e o direito estavam ao meu lado. Sempre, e em toda parte, fiz o bem que pude e o mal 'que me obrigavam a fazer. A justiça nem sempre está em perdoar!

E como estas palavras foram seguidas pelo silêncio, Nemo insistiu:

– O que pensam de mim, senhores?

Cyrus estendeu a mão ao capitão, e respondeu com voz grave:

– O seu erro, capitão, foi supor possível a ressurreição do passado e ter por isso lutado contra a necessidade do progresso. Foi um daqueles erros que uns admiram e outros censuram, de que só Deus pode ser juiz, e que a razão humana deve absolver. Quem se engana com intenções que supõe boas pode ser combatido, mas nunca deixa de ser estimado. O seu erro é daqueles que nem excluem a admiração, e o seu nome nada tem a recear dos juízes da história, que aprecia como deve as loucuras heróicas, ainda quando lhes condena os resultados.

O capitão Nemo suspirou aliviado, e estendendo as mãos para o céu, murmurou:

– Fiz mal, ou fiz bem?

Cyrus Smith concluiu:

– De todas estas grandes ações, Deus é o responsável, porque é Dele que elas vêm! Capitão Nemo, homens honrados como estes que estão aqui, que você socorreu, irão chorálo por toda a vida!

Harbert, que se aproximara do capitão, ajoelhou-se, pegou-lhe a mão e a beijou.

Os olhos do moribundo verteram algumas lágrimas, e o capitão murmurou:

– Eu te abençôo, filho!...

157

17
O ÚLTIMO DESEJO

Era dia claro. Na profunda cripta, porém, não entrava um só raio luminoso. A maré, que estava alta, obstruía-lhe a entrada. Mas a luz artificial que saía aos jorros do costado do *Nautilus* não enfraquecera, e o lençol de água continuava a fulgurar em volta do submarino.

O capitão Nemo estava prostrado pelo cansaço, deitado no divã. Transportá-lo para o Palácio de Granito estava fora de questão, mesmo porque o próprio capitão tinha manifestado claramente o seu desejo de permanecer no meio das maravilhas do *Nautilus*, que valiam milhões, e de esperar a morte ali.

Smith e Spilett observavam atentamente o estado do enfermo. Era visível que a vida do capitão ia-se extinguindo. As forças iam faltando naquele corpo outrora tão robusto, agora frágil invólucro de uma alma que ia partindo.

O engenheiro e o repórter consultavam-se em voz baixa. Haveria algum remédio que pudesse curá-lo? Poderiam, ao menos, prolongar-lhe a vida por alguns dias? Mas se o próprio capitão dissera que o mal não tinha remédio, e que não temia a morte, antes a esperava tranqüilamente.

– Não há nada a se fazer – disse Spilett.

– Mas, qual é a doença dele? – perguntou Pencroff.

– Falta de forças – respondeu o repórter.

– E se o levássemos para o ar livre, para a luz do sol, não seria bom?

158

– Não, Pencroff – respondeu Smith, – aqui não há nada a se fazer. Além disso o capitão Nemo não consentiria em abandonar o seu navio. Vive há trinta anos no *Nautilus*, e é aqui que ele quer morrer.

O capitão Nemo escutou a resposta de Smith, porque com voz débil, mas inteligível, disse:

– Tem razão, senhor, devo e quero morrer aqui. Também tenho um pedido a lhes fazer.

Smith e seus companheiros aproximaram-se do divã e colocaram as almofadas de forma que o moribundo pudesse recostar-se.

Viram então que ele olhava todas as maravilhas do salão, iluminado pelos raios elétricos que coavam-se pelos arabescos do teto luminoso. Analisou um a um os belos quadros que recobriam as paredes, obras de autores italianos, flamengos, franceses e espanhóis, miniaturas de mármore e bronze colocadas sobre pedestais, o magnífico órgão encostado na parede e as vitrinas em volta do tanque central, no qual existiam exemplares dos mais admiráveis produtos do mar. Finalmente deteve a vista sobre a divisa do *Nautilus*:

Mobilis in mobili.

Parecia querer acariciar pela última vez com o olhar aqueles belíssimos objetos da arte e da natureza, aos quais limitara o seu horizonte por tantos anos e nas profundezas do mar!

Smith respeitara o silêncio que o capitão parecia querer guardar, e esperava que ele retomasse a palavra.

Passados alguns minutos, durante os quais o capitão certamente reviu sua vida, ele virou-se para os colonos, dizendo:

– Senhores, julgam que me devem algum favor?...

– Capitão, daríamos a nossa vida para prolongar a sua!

– Bem – replicou o capitão Nemo, bem!... Prometam cumprir minhas últimas vontades, e assim ficará pago tudo que fiz por vocês.

– Prometemos – respondeu Smith por si e pelos companheiros.

– Senhores – continuou o capitão, – amanhã estarei morto. E com um gesto, interrompeu Harbert, que ia protestar.

– Amanhã estarei morto, e não desejo outro túmulo senão o *Nautilus*. Será o meu jazigo! Todos os meus amigos descansam no fundo do mar, e é ali que quero descansar também!

As palavras do capitão foram ouvidas em profundo silêncio.

– Escutem bem, senhores – continuou ele. – O *Nautilus* está preso nesta gruta... Mas se ele não pode sair daqui, pode muito bem afundar, levando meus restos mortais...

Os colonos escutavam atentamente.

– Amanhã, depois da minha morte, senhor Smith – continuou o capitão, – você e seus companheiros abandonarão o *Nautilus*, porque todas as riquezas que ele contém devem desaparecer comigo. Só lhes restará uma lembrança do príncipe Dakkar, cuja história agora conhecem. Aquele cofre... contém milhões em brilhantes, na maior parte recordações da época em que, pai e esposo, quase acreditei na felicidade, e uma coleção de pérolas, que eu e meus amigos apanhamos no fundo do mar. Com este tesouro podem fazer grandes coisas. Em suas mãos, e na de seus amigos, senhor Smith, o dinheiro não pode deixar de ser sempre útil. Lá de cima, irei associar-me às suas obras, nas quais deposito inteira confiança!

Passados alguns instantes, necessários para o descanso em seu estado de extrema fraqueza, o capitão Nemo prosseguiu:

– Amanhã pegarão o cofre, abandonarão esta sala, cuja porta irão fechar... Então subirão à plataforma do *Nautilus*, e fecharão as escotilhas, usando as cavilhas.

– Assim o faremos, capitão – respondeu Smith.

– Embarquem então na lancha que os trouxe; mas antes de abandonarem o *Nautilus*, vão até a ré, abrindo duas grandes torneiras que estão fora da água. A água então penetrará nos reservatórios e o *Nautilus* irá afundar aos poucos, indo repousar no fundo deste abismo.

A um gesto de Smith, o capitão acrescentou:

— Nada tema... Estará apenas enterrando um morto!

Nem Smith, nem nenhum dos seus companheiros julgaram dever fazer qualquer observação ao capitão Nemo. Era sua última vontade, e eles deviam conformar-se.

— Posso contar com sua palavra? — acrescentou o capitão.

— Pode, capitão — limitou-se a responder o engenheiro.

O capitão então fez um sinal de agradecimento e pediu aos colonos que o deixassem só por algum tempo. Spilett insistiu em ficar ao seu lado, para qualquer emergência, mas o moribundo recusou:

— Vou viver até amanhã, senhor!

Os colonos então saíram, atravessando a biblioteca, a sala de jantar, e chegando à proa, à casa das máquinas, onde estavam os aparelhos elétricos que juntamente com o calor e a luz forneciam força mecânica ao *Nautilus*.

O *Nautilus* era uma obra-prima, que continha muitas obras-primas, e encantou o engenheiro.

Os colonos subiram então à plataforma, e conservaram-se a princípio silenciosos, impressionados com o que acabavam de ver e ouvir, e entristeciam-se pensando que aquele cujo braço tantas vezes os socorrera, que o protetor que tinham conhecido por tão poucas horas, estava na véspera de morrer!

Qualquer que fosse o juízo que a posteridade pronunciasse sobre os atos daquela existência quase que sobre-humana, o príncipe Dakkar seria sempre uma forte lembrança, que não iria desvanecer-se.

— Eis aqui um grande homem! — disse Pencroff. — Incrível que ele tenha vivido no fundo do oceano! E pensar que não encontrou tranqüilidade em qualquer outra parte!

– O *Nautilus* – observou então Ayrton, – poderia servir para abandonarmos a ilha Lincoln, e chegarmos a uma terra habitada.

– Com mil diabos! – exclamou Pencroff. – Eu não me meto a dirigir um barco destes! Navegar no mar, muito bem! Mas debaixo do mar, isso não!

– Pois eu acho que manobrar um barco submarino como o *Nautilus* deve até ser fácil, Pencroff – disse o repórter, – e que logo nos habituaríamos a ele. Não temeríamos tempestades ou abalroamentos! Alguns metros abaixo da superfície, as águas do mar são tão tranqüilas como as de um lago.

– Não digo que não – retorquiu o marinheiro. – Mas eu prefiro um bom vento a bordo de um navio bem aparelhado. Um barco deve andar sobre a água, e não sob ele!

– Meus amigos – interrompeu Smith, – esta discussão, ao menos no que diz respeito ao *Nautilus*, é inútil. O barco não nos pertence, e não podemos dispor dele. E mesmo que pudéssemos, não haveria como sair desta caverna, cuja entrada está fechada. Além do mais, o capitão Nemo quer ser sepultado em seu barco, e temos que cumprir seu último desejo.

E pouco depois desta conversa, Smith e os companheiros voltaram para junto do capitão Nemo, que tinha saído do estado letárgico que o prostrava. Seus olhos brilhavam, e ele sorria. Os colonos então aproximaram-se e o capitão então lhes falou:

– Senhores, são homens de coragem, honrados e dignos. Todos vocês dedicaram-se a uma causa comum: muitas vezes eu os observei! Eu os admiro!... Sua mão, senhor Smith!

Smith estendeu a mão ao capitão, que a apertou efusivamente, murmurando:

– Muito bem! – e então acrescentou: – Chega de falar de mim! Vamos falar de vocês e da ilha Lincoln, onde encontraram refúgio... Contam em sair daqui?

– Sim, mas com a intenção de voltar, capitão! – respondeu vivamente Pencroff.

– Voltar? Pencroff – respondeu o capitão, sorrindo, – sei o quanto esta ilha lhes é cara, e como a modificaram à custa do trabalho, e com que justiça ela lhes pertence!

– A nossa intenção, capitão, era presente-á-la aos Estados Unidos, fundando aqui um porto de escala, em ótima posição no Pacífico.

– Pensam na pátria, senhores – respondeu o capitão. – Trabalham pela sua prosperidade e glória! E estão certos! Devemos sempre voltar à pátria! E nela devemos morrer! Eu... eu morro longe de tudo que amei!

– Tem algum último desejo a transmitir, capitão Nemo? – acudiu logo o engenheiro. – Alguma lembrança aos amigos que deixou na Índia?

– Não, senhor Smith, não tenho mais amigos! Sou o último da minha raça... e há muito morri para todos os que me conheceram. Voltemos, porém, a falar de vocês. A solidão, o isolamento, são coisas tristes, superiores às forças humanas... Eu morro por ter acreditado que se podia viver só! Vocês, portanto, devem fazer de tudo para deixar a ilha Lincoln, e tornar a ver a terra onde nasceram. Sei que estes miseráveis destruíram a embarcação que tinham construído...

– Mas estamos construindo um navio – disse Spilett, – com capacidade suficiente para nos levar até terras mais próximas; mas, mesmo que consigamos sair da ilha, vamos voltar. Aqui nos prendem muitas recordações, recordações que jamais apagaremos!

– Aqui conhecemos o capitão Nemo – disse Smith.

– E só aqui poderemos ter uma completa recordação do senhor! – acrescentou Harbert.

– E aqui repousarei no sono eterno se... – respondeu o capitão.

E, ao dizer este *se*, hesitou, e ao invés de concluir a frase, voltou-se para Smith:

163

— Desejo falar-lhe a sós!

Os companheiros, respeitando aquele desejo do moribundo, retiraram-se, e Smith ficou por longo espaço de tempo a sós com o capitão. Depois chamou novamente os amigos, mas não lhes revelou os segredos que o moribundo entendera dever confiar-lhe.

Spilett observou então o enfermo atentamente. O capitão vivia só por um grande esforço de energia moral, que dentro em pouco seria superado pelo enfraquecimento físico.

O dia terminou sem nenhuma alteração. Os colonos não saíram do *Nautilus* nem por um momento. Era noite, mas na cripta isso não se notava.

O capitão Nemo não sofria, mas sua fraqueza aumentava; a nobre fisionomia estava pálida, mas tranqüila. Dos lábios do moribundo saíam palavras soltas, que mal se distinguiam, e que se referiam aos incidentes daquela singular existência. A vida ia se retirando gradualmente daquele corpo.

Uma ou duas vezes o capitão ainda dirigiu a palavra aos colonos, que estavam junto dele, e sorriu-lhes. Mas afinal, pouco depois da meia-noite, o capitão Nemo fez um movimento supremo e conseguiu cruzar os braços no peito, como se quisesse morrer naquela posição.

Por volta de uma hora da madrugada, só havia sinal de vida nos olhos do enfermo. E eles cintilaram ainda uma vez, aqueles olhos de onde tantos olhares chamejantes tinham jorrado outrora, e logo depois o herói, murmurando as palavras: "Deus e Pátria!" expirou suavemente.

Smith debruçou-se sobre o cadáver e fechou os olhos daquele que fora o príncipe Dakkar e que agora já não era nem mais o capitão Nemo.

Harbert e Pencroff choravam. Ayrton enxugava as lágrimas discretamente. Nab estava ajoelhado, qual estátua.

— Deus guarde sua alma!

— *Deus guarde sua alma!*

E voltando-se para os companheiros, acrescentou solenemente:

— Oremos por aquele que acabamos de perder!

⊂ঞ৲⊃⊂ঞ৲⊃

Horas depois os colonos cumpriam a promessa que tinham feito ao capitão, levando a efeito as últimas disposições do falecido.

Smith e os companheiros saíram do *Nautilus*, levando de lá unicamente a lembrança que lhes legara o seu benfeitor, o tal cofre onde estavam os diamantes e pérolas.

O maravilhoso salão fora cuidadosamente fechado, ainda inundado de luz. A escotilha foi aparafusada de modo a não entrar uma gota de água sequer nas diferentes camadas do *Nautilus*.

Os colonos então meteram-se no escaler, que estava amarrado ao lado do submarino. Remaram então até às duas grandes torneiras, que abriram. Imediatamente os reservatórios começaram a encher, e o *Nautilus* imergiu pouco a pouco, até que desapareceu debaixo do lençol de água.

Os colonos acompanharam tudo, porque a potente luz que o submarino derramava iluminava as águas transparentes, ao passo que a cripta imergia nas trevas. Por fim a claridade foi diminuindo, e dali a pouco o *Nautilus*, transformado em sepulcro do capitão Nemo, repousava no fundo dos mares.

Os colonos acompanharam tudo.

18

O VULCÃO DESPERTA

Ao despontar da aurora os colonos tinham voltado em silêncio à entrada da caverna, que batizaram com o nome de "cripta Dakkar", como recordação do capitão Nemo. Como fosse maré baixa, saíram facilmente. Deixaram o escaler amarrado ali, de forma a ficar protegido das ondas. A tempestade passara durante a noite. Não chovia mais, porém o céu estava toldado pelas nuvens. Em suma, o mês de outubro não se anunciava muito promissor.

Logo que saíram da cripta Dakkar, Smith e os companheiros voltaram para o curral, enquanto Nab e Harbert soltaram a linha estendida pelo capitão entre o curral e a cripta, porque o fio podia mais tarde ser de muita utilidade.

No caminho os colonos pouco falaram. Os diversos incidentes daquela noite de 15 para 16 de outubro tinham deixado todos impressionados. Aquele desconhecido que os protegera tão eficazmente, que se transformara num gênio tutelar, o capitão Nemo, enfim, já não existia. Ele e seu *Nautilus* estavam sepultados no fundo do abismo. Todos sentiam-se agora mais isolados do que nunca. Estavam tão habituados a contarem com a poderosa intervenção do protetor, que agora lhes faltava, que nem mesmo Spilett e Smith escaparam daquela impressão. Por isso, foram para o curral no mais completo silêncio.

Às nove horas da manhã os colonos estavam no Palácio de Granito.

168

Combinaram acelerar a construção do navio, e Smith dedicou ainda mais tempo e cuidado a este projeto. Não sabiam o que o futuro lhes reservava, e era bom terem uma garantia, um navio sólido o bastante para suportar o mar mesmo com mau tempo, e capaz de agüentar uma viagem mais longa. Se ao concluírem o navio os colonos ainda não tivessem decididos a deixarem a ilha, deveriam ao menos ir o mais breve possível à ilha Tabor, a fim de colocar ali a informação sobre a localização de Ayrton. Era uma precaução indispensável a se tomar no caso do iate escocês voltar àqueles mares, e a este respeito nada se devia desprezar.

Os trabalhos continuavam, e os colonos trabalhavam sem descanso, não reclamando de nada. Era preciso que o navio estivesse pronto daí a cinco meses, isto é, no princípio de março, se quisessem ir à ilha Tabor antes que o mau tempo tornasse a viagem impossível. Os carpinteiros não perderam um momento sequer. Era preciso acabar o casco do navio, porque a aparelhagem do *Speedy* tinha sido salva completamente.

Passaram o final de 1868 entregues a este trabalho. Ao cabo de dois meses e meio o navio já estava bem adiantado. No entanto era preciso abastecer as despensas do Palácio de Granito para o inverno, mas mesmo assim Pencroff não ficava satisfeito se alguém faltasse ao serviço no estaleiro. Nestas ocasiões, sempre resmungando, fazia o trabalho de seis homens.

O verão foi instável, com dias extremamente quentes e outros cortados por tempestades violentas. Era raro o dia em que não se escutava o barulho longínquo do trovão.

O primeiro dia de 1869 foi assinalado por uma tempestade de violência extraordinária, e os raios caíram algumas vezes sobre a ilha. Árvores enormes foram derrubadas. As estranhas perturbações do ar teriam alguma relação com as perturbações interiores do globo? Smith estava inclinado a acreditar, porque o desenvolvimento destas tempestades era marcado por uma recrudescência dos sintomas vulcânicos.

169

Foi no dia 3 de janeiro que Harbert, estando no platô da Vista Grande, avistou uma enorme coluna de fumaça desenrolando-se no cimo do vulcão. O rapaz preveniu imediatamente os companheiros, que vieram observar o cume do monte Franklin.

– Eh! Desta vez não são só vapores! Parece que o gigante não se contenta mais em só respirar! Agora está fumando... – exclamou Pencroff.

A imagem usada pelo marinheiro traduzia exatamente a modificação que se tinha operado na boca do vulcão. Havia já três meses que a cratera emitia vapores mais ou menos intensos, que por enquanto provinham de uma ebulição interior das matérias minerais. Desta vez os vapores eram substituídos por uma fumaça espessa, elevando-se sob a forma de coluna cinzenta, que se elevava como um cogumelo a uma grande altura acima do cume do monte.

– O fogo está nas chaminés! – disse Spilett.

– E parece que não vamos poder extingui-lo! – exclamou Harbert.

– Deve-se limpar os vulcões! – observou Nab, na maior inocência.

– Vamos encarregar você deste serviço, Nab! – disse Pencroff, dando uma gostosa gargalhada.

Smith observava atentamente a coluna de fumaça, atento para escutar qualquer ruído longínquo.

– Realmente, meus amigos, aconteceu uma modificação importante. As matérias vulcânicas não estão só em ebulição, mas em fogo, e com certeza teremos uma erupção brevemente! – disse Smith.

– Pois bem, senhor Smith! Que venha a erupção, não me parece que devamos nos preocupar com isto! – exclamou Pencroff.

– Não, Pencroff – respondeu Smith. – A boca do vulcão está aberta, mas contudo...

– Contudo, como não podemos tirar vantagem alguma desta erupção, o melhor seria que ela não acontecesse – completou o repórter.

– Quem sabe se não há no vulcão alguma matéria útil, preciosa, que poderá nos servir para algo? – respondeu o confiante marinheiro.

Smith meneou a cabeça, como quem não espera nada de bom de um fenômeno destes, cujo desenvolvimento era tão rápido. Não considerava a erupção tão inofensiva, como Pencroff fazia. Se as lavas não ameaçavam diretamente as partes férteis da ilha, outras complicações poderiam ocorrer. Erupções são acompanhadas por tremores de terra, e o estrago que as lavas não poderiam fazer, não se comparariam aos efeitos de um tremor de terra que abalasse a ilha.

– Parece-me – disse Ayrton, que tinha apoiado o ouvido no chão, – que estou ouvindo um ruído surdo...

Os colonos escutaram atentamente e viram que Ayrton não se enganara. Aos ruídos misturavam-se mugidos subterrâneos, que se extinguiam pouco a pouco, como se um vento forte atravessasse as entranhas do globo. Mas não se tinha ouvido ainda uma detonação propriamente dita, de onde se podia concluir que os vapores e a fumaça achavam passagem através da chaminé central, e que sendo a válvula larga o bastante, não daria lugar à algum deslocamento nem à explosão alguma.

– Então? – disse Pencroff. – Não vamos voltar ao trabalho? O monte Franklin pode fumar, berrar, gemer, vomitar fogo e chamas à vontade; isso não é motivo para ficarmos parados! Vamos, vamos, é preciso que todos trabalhem! Quero que o nosso novo *Bonadventure* – posso manter este nome, não é? – flutue logo nas águas de porto Balão! Não devemos perder nem um minuto!

Atendendo ao chamado de Pencroff, todos os colonos foram para o estaleiro, e trabalharam arduamente, sem se importarem com o vulcão. Uma ou duas vezes grandes som-

171

bras indicavam que uma espessa nuvem de fumaça passava entre a ilha e o sol. O vento, soprando do mar alto, arrastava todos estes vapores para oeste. Smith e Spilett não deixaram de notar isto, e falaram várias vezes do que devia estar acontecendo no vulcão, sem contudo interromperem o trabalho. Todos tinham interesse em que o barco estivesse pronto logo. Em vista da eminente erupção, quem sabe se o barco não seria o melhor, ou até mesmo o único refúgio dos colonos?

À noite, depois da ceia, Smith, Harbert e Spilett subiram ao platô da Vista Grande. Já anoitecera, e na escuridão podia-se divisar que chamas e materiais incandescentes eram projetados pelo vulcão.

— A cratera vomita fogo! — gritou Harbert, que tinha chegado ao platô primeiro.

O monte Franklin, que ficava há cerca de 4 quilômetros dali, parecia então um tocheiro gigantesco, no vértice do qual se torciam algumas chamas fuliginosas. Era provavelmente tanto a fumaça, ou escórias e cinzas que se misturavam com as chamas, que o seu brilho, consideravelmente atenuado, não destacava vivamente nas profundas trevas da noite. Mas uma espécie de clarão baço caía sobre a ilha, recortando de um modo confuso a massa ondulada dos primeiros planos. Imensos turbilhões obscureciam as alturas do céu, onde cintilavam algumas estrelas.

— Está indo rápido — disse o engenheiro.

— Não me admira — respondeu o repórter. A atividade do vulcão já dura algum tempo. Os primeiros vapores apareceram na época em que cavamos os contrafortes da montanha para descobrir o retiro do capitão Nemo.

— Tem razão. E isso já faz dois meses e meio! — observou Harbert.

— Esta atividade já dura dez semanas — tornou Spilett. — Não é de se admirar que se desenvolvam agora com esta violência?

– Não sente vibrações no solo? – perguntou Cyrus.

– Sim, mas daí a um tremor de terra... – disse Spilett.

– Não digo que um tremor de terra seja eminente! Deus nos livre disso! – exclamou Smith. – Não. Estas vibrações são devidas à efervescência do fogo central. A crosta terrestre não é mais do que a parede de uma caldeira, e sabem que sob pressão dos gases elas vibram como uma placa sonora. É este efeito que agora se produz.

– Oh! Que magníficas fitas de fogo! – exclamou Harbert.

Neste momento saía da cratera um buquê semelhante aos dos fogos de artifício, cujo brilho nem fora diminuído pelos vapores. Milhares de fragmentos e pontas luminosas projetaram-se em direções diferentes. Esta explosão foi acompanhada de detonações sucessivas, como o estrondo de uma bateria de metralhadoras.

Smith, o repórter e Harbert, depois de terem passado uma hora no platô da Vista Grande, desceram à praia, e voltaram para o Palácio de Granito. O engenheiro estava pensativo, e até mesmo preocupado, a ponto de Spilett perguntar-lhe se ele receava algum perigo próximo por conta da erupção.

– Sim e não – respondeu Smith.

– Todavia – tornou o repórter, – a pior desgraça que poderia nos suceder não seria um terremoto que destruísse a ilha? Acho que não devemos temer isto, porque os vapores e as lavas passam livremente para a artéria.

– Não receio um tremor de terra – respondeu Smith, – mas outras coisas que podem produzir grandes desastres!

– Quais, meu caro Cyrus?

– Não sei bem... é preciso que eu veja, que visite a montanha... Dentro de poucos dias terei uma resposta.

Spilett não insistiu, e pouco depois os colonos dormiam profundamente, apesar das detonações do vulcão.

Passaram-se os dias 4, 5 e 6 de janeiro. Trabalharam sempre na construção do navio. O engenheiro, sem maiores explicações, redobrou sua atividade. O monte Franklin estava então envolto numa nuvem escura de aspecto sinistro, e vomitava juntamente com as chamas, rochas incandescentes, algumas das quais caíam na própria cratera. Pencroff, que queria considerar o fenômeno só pelo lado do espetáculo, dizia:

– Vejam! O gigante está fazendo seus truques!

Contudo, por mais que o trabalho de construção do navio fosse urgente, outras coisas reclamavam os cuidados dos colonos nos diversos pontos da ilha. Era preciso ir ao curral, cuidar da criação. Ayrton foi encarregado deste trabalho, ao qual já estava habituado. Mas todos estranharam quando Cyrus anunciou que iria acompanhar Ayrton.

– O que? Senhor Cyrus, os nossos dias de trabalho estão contados! – exclamou Pencroff. – Serão quatro braços a menos para trabalhar se o senhor for!

– Será só um dia – respondeu Smith, – mas preciso ir ao curral... Preciso examinar a erupção.

– Erupção! Erupção! – respondeu Pencroff, malhumorado. – Pois eu pouco me importo com esta erupção!

Apesar da opinião do marinheiro, a exploração projetada pelo engenheiro ficou marcada para o dia seguinte. Harbert também queria acompanhar Smith, mas não se atreveu a contrariar Pencroff.

No outro dia, bem cedo, Smith e Ayrton tomaram o caminho do curral.

Grossas nuvens de fumaça toldavam o céu. Estas nuvens, no entanto, eram compostas também de escórias em pó, tais como a pozolana pulverizada e cinzas pardacentas bem finas. Estas cinzas são muito tênues, e mantêm-se no ar durante meses inteiros. Mas na maioria das vezes elas descem, e foi o que aconteceu nesta ocasião. Cyrus e Ayrton tinham acabado de chegar ao curral quando uma leve poeira, semelhante à pólvora, começou a cair, modificando imediatamente o aspecto do solo. A vegetação desapareceu sob uma camada de muitas polega-

174

das de espessura. Por sorte o vento soprava de nordeste, e a maior parte da nuvem dissipou-se no mar.

– Isto é bem singular, senhor Smith – disse Ayrton.

– Isso é grave – respondeu o engenheiro. – Esta pozolana, estas pedra-pomes pulverizadas, numa só palavra todo este pó mineral, demonstram como é profunda a perturbação nas camadas inferiores do vulcão.

– Não podemos fazer nada?

– Nada, senão acompanhar os progressos do fenômeno. Ayrton, vá tratar dos animais. Eu vou subir até além da nascente do riacho Vermelho, e vou examinar o estado do monte na sua vertente setentrional. Depois...

– Depois... senhor Smith?

– Depois faremos uma visita à cripta Dakkar... Quero ver. Daqui a duas horas eu volto!

Ayrton tratou então de ir cuidar dos animais, que sentiam um certo desconforto com os primeiros sintomas da erupção. Depois, ele tratou de esperar a volta do companheiro.

Smith foi até o cume dos contrafortes do leste, rodeou o riacho Vermelho e chegou ao local onde ele e os companheiros tinham descoberto uma nascente sulfurosa. Como as coisas tinham mudado! Ao invés de uma única coluna de fumaça, o engenheiro contou treze, que saíam da terra com grande pressão. A atmosfera estava saturada de gás sulfuroso, de hidrogênio, de ácido carbônico, misturado com vapores aquosos. Smith sentia agitarem-se aqueles tufos vulcânicos derramados pela planície, que não eram mais do que cinzas pulverizadas, que o tempo transformara em pedras duras. No entanto, não havia vestígio de lava recente.

Foi isto que o engenheiro pôde certificar-se quando analisou todo o lado setentrional do monte Franklin. Da cratera saíam redemoinhos de fumaça e chamas; uma saraivada de escórias caíam no chão; mas no gargalo da cratera não se operava nenhum derramamento lávico, o que provava que o

175

nível das matérias vulcânicas não tinham atingido ainda o orifício superior da chaminé central.

– Gostaria que isso permanecesse assim! – disse Cyrus, falando consigo mesmo. – Ao menos eu teria certeza que as lavas seguiriam o caminho de costume. Quem sabe se elas não sairão por outra nova abertura? Aí estaria o grande perigo! O capitão Nemo bem o pressentia!

Smith avançou até o enorme parapeito cujo prolongamento corria em volta do estreito golfo do Tubarão, e dali pôde examinar à vontade o antigo caminho das lavas, plenamente convencido de que a última erupção era de data muito remota.

Feitas estas observações, o engenheiro voltou pelo mesmo caminho, escutando sempre os ribombos subterrâneos, que se propagavam como uma trovoada contínua, no meio da qual se destacavam ruidosas detonações. Cyrus retornou então ao curral.

– Os animais estão tratados, senhor Smith. Mas eles me parecem bem inquietos – disse Ayrton, ao encontrar-se com o engenheiro.

– O instinto lhes diz algo, e o instinto não se engana – disse o engenheiro. – Muito bem, pegue uma lanterna e provisões, Ayrton, e vamos lá!

E pouco depois os dois companheiros caminhavam na direção oeste, pelo estreito caminho que ia dar à costa. O terreno estava coberto do pó que caíra. Debaixo do arvoredo não se via um só animal. Até as aves tinham desaparecido. Algumas vezes o vento levantava a camada de cinzas, e no meio daquela atmosfera opaca e revolta, Ayrton e Smith não conseguiam ver um ao outro. Nestas ocasiões, eles tinham o cuidado de proteger com um lenço os olhos e a boca, sem o que correriam o risco de ficarem cegos ou sufocados.

Os dois caminhantes não podiam andar de pressa. Além do mais, o ar estava pesado, como se o oxigênio tivesse sido consumido em parte, tornando-se impróprio para a respiração. A cada cem passos que avançavam, Cyrus e Ayrton eram obrigados a parar para recobrarem o fôlego.

Finalmente eles alcançaram a cinta da massa rochosa que formava a costa noroeste da ilha. A partir daí os dois iniciaram a descida até a cripta Dakkar. À luz do dia a descida era menos perigosa, além do que, se a camada de cinza tornava a respiração difícil, pelo menos ajudava na descida, ao recobrir a superfície polida dos rochedos.

Dentro em pouco chegaram à saliência que se prolongava com a praia, e deram logo com a entrada da cripta Dakkar.

– O escaler deve estar aí – disse o engenheiro.

– Está aqui, senhor Smith – respondeu Ayrton, puxando a embarcação.

Os dois colonos embarcaram, e uma ligeira ondulação do mar os levou para dentro da abóbada que servia de entrada à cripta. Ayrton acendeu a lanterna, e pegou os remos. Smith assumiu o leme, e dirigiu o escaler por entre as trevas da cripta.

O *Nautilus* já não estava ali para iluminar a sombria caverna. Mas a luz da lanterna, apesar de insuficiente, permitiu ao engenheiro avançar, seguindo sempre junto da parede direita da cripta. Debaixo daquela abobada reinava um silêncio sepulcral, pelo menos na parte anterior dela, porque logo adiante Smith começou a ouvir distintamente os ruídos que vinham do interior da montanha.

– É o vulcão – disse o engenheiro.

Um pouco mais adiante, juntamente com o ruído, perceberam-se as combinações químicas, que se revelavam por um cheiro penetrante e por vapores sulfurosos que mal deixavam Cyrus e o companheiro respirar.

– Era o que o capitão Nemo receava! – murmurou Cyrus Smith, cujo rosto empalideceu um pouco. – Mas é necessário ir até ao fim.

– Pois vamos lá, senhor Cyrus! – respondeu Ayrton, deitando-se sobre os remos e impelindo o barco para o fundo da cripta.

177

Vinte e cinco minutos depois o escaler chegava junto da parede do fundo.

Smith ficou em pé e iluminou diferentes pontos da parede que separava a cripta da chaminé central do vulcão. Que espessura teria aquela parede? Dez ou mil metros, ninguém poderia dizer. Mas a nitidez com que se ouvia os ruídos subterrâneos, no entanto, indicavam que a parede não poderia ser muito espessa.

O engenheiro então iluminou a parede basáltica mais ao alto. Naquele ponto, por umas pequenas fendas, a fumaça acre saía, infectando a atmosfera da caverna. A parede estava trincada, e algumas trincas eram já bem grandes.

Smith ficou em silêncio durante algum tempo, pensativo, então falou:

– O capitão tinha toda razão! Aqui é que está o perigo, e que terrível perigo!

Ayrton nada disse; há um sinal do engenheiro, porém, pegou os remos, e dali a meia-hora ambos saíam da cripta Dakkar.

19

A ERUPÇÃO

No dia seguinte, 8 de janeiro, pela manhã, Smith e Ayrton voltaram para o Palácio de Granito. O engenheiro reuniu os companheiros e comunicou-lhes que a ilha corria grande perigo, que nenhum poder humano poderia afastar.

– Meus amigos – disse ele, comovido, – a ilha Lincoln não é daquelas que vão durar tanto quanto o próprio globo. Está destinada à destruição próxima, e não há como evitar!

Os colonos entreolhavam-se estupefatos.

– Mas, Cyrus! – exclamou Spilett.

– Eu vou explicar, ou melhor – disse Smith, – vou transmitir-lhes a explicação que o capitão Nemo me deu, nos poucos minutos da nossa conversa confidencial.

– O capitão Nemo! – exclamaram os colonos.

– Sim! O capitão, antes de morrer, quis ainda nos prestar mais este serviço.

– Mais um serviço! – murmurou Pencroff. – Mais um serviço! Olhem que, apesar de morto, ele é bem capaz de nos prestar mais alguns favores!

– Mas o que o capitão Nemo disse? – perguntou o repórter.

– A ilha Lincoln não está nas mesmas condições que as outras ilhas do Pacífico, e mais tarde ou mais cedo um fato singular, que o capitão Nemo me deu a conhecer, deve ter por conseqüência o deslocamento dos alicerces submarinos dela.

– A ilha Lincoln irá se desmanchar? Ora essa! – exclamou Pencroff, incrédulo, apesar de toda a confiança que depositava no engenheiro.

– Ouça, Pencroff – tornou Smith. – O capitão Nemo verificou o seguinte, e eu mesmo pude comprovar isto ontem, na exploração que fiz à cripta Dakkar. Esta cripta prolonga-se por debaixo da ilha até ao vulcão, de cuja chaminé central está separada apenas por uma parede. Ora, esta parede está toda trincada, e das trincas já passam os gases sulfurosos que se desenvolvem no interior do vulcão.

– E daí? – perguntou Pencroff, com a fronte enrugada.

– E daí, que estas trincas vão se alargando, e a muralha de basalto irá ceder, deixando entrar no vulcão as águas que enchem a caverna.

– Ora, isso não é bom? – replicou Pencroff. – No final das contas, o mar apaga o fogo do vulcão e acaba-se a festa!

– Acaba-se tudo, isso sim! – respondeu Smith. – No dia em que o mar invadir a chaminé central até as entranhas da ilha, onde fervem as matérias eruptivas, neste dia Pencroff, a ilha voará pelos ares.

Os colonos não conseguiam ainda compreender o perigo que os ameaçava. Mas Smith não estava exagerando: a água, entrando num espaço fechado, cuja temperatura está avaliada em milhares de graus, iria vaporizar-se tão rapidamente, que não haveria invólucro capaz de lhe resistir.

Como se vê, era certo que a ilha, ameaçada como estava de uma deslocação próxima, duraria apenas enquanto a parede do fundo da cripta Dakkar resistisse. E isso não era coisa para meses, ou semanas, e sim poucos dias, e quem sabe talvez poucas horas!

O primeiro sentimento dos colonos foi uma profunda dor! Nem pensaram no perigo que os ameaçava, mas na destruição daquela terra que lhes tinha dado asilo, que tinham cultivado, e a qual tanto amavam! Pencroff não escondeu as lágrimas.

Os colonos discutiram então o futuro, e concluíram que não havia tempo a perder na construção do navio. Esta era agora a única salvação dos colonos da ilha Lincoln

Todos os esforços agora foram canalizados para a construção do navio. Não adiantava mais caçar, plantar ou colher. As despensas do Palácio de Granito estavam abarrotadas, e serviriam para prover o navio na travessia, por mais demorada que esta fosse.

Os colonos trabalharam febrilmente nesta tarefa, e no dia 23 de janeiro o casco do navio já estava na metade. Até aquele dia, o vulcão não apresentara grandes modificações em sua atividade, mas na noite de 23 para 24, porém, a ação das lavas que tinham então chegado ao nível do primeiro patamar do vulcão, derrubou o cume superior em forma de chapéu. O ruído foi horroroso. Os colonos tiveram a impressão de que a ilha já estava se desfazendo, e correram para fora do Palácio de Granito.

Eram duas horas da manhã. O céu estava em brasa. O cume superior do vulcão fora arremessado para cima da ilha, cujo chão tremeu. A cratera ficara com uma boca enorme, e projetava para o céu uma luz tão intensa, que a atmosfera parecia incandescente. Ao mesmo tempo a torrente de lavas que ia se acumulando no novo topo do vulcão, corria em longas cascatas, e pelas vertentes da montanha alastravam-se mil serpentes de fogo.

– O curral! O curral! – exçlamou Ayrton.

De fato, em virtude da nova orientação da cratera, era para o curral que se encaminhavam as lavas, colocando em risco toda a parte fértil da ilha.

Aos gritos de Ayrton, os colonos correram para o curral, tentando salvar os animais que estavam lá encerrados.

Ao chegarem lá, os horríveis gritos demonstravam bem o estado de terror dos animais. Do contraforte que fazia fronteira com o curral, já começava a correr uma torrente de matéria incandescente, que corroía a paliçada. Ayrton abriu os portões, e os animais correram para todas as direções.

181

Dali a uma hora, a lava já enchia o curral, incendiando a habitação, e devorando até a última estaca da paliçada. Só restaram escombros.

Os colonos bem que tentaram lutar contra esta invasão, mas era impossível.

Quando o dia 24 amanheceu, Cyrus e seus companheiros, antes de retornarem ao Palácio de Granito, observaram a direção que as lavas seguiam. O declive geral do terreno descia do monte Franklin para a costa leste, e era de se recear que a torrente se propagasse até ao platô da Vista Grande.

– O lago nos protegerá – disse Spilett.

– Assim eu espero! – respondeu Smith.

Os colonos queriam ir até a planície onde caíra o cone superior do monte Franklin, mas as lavas impediam-lhes a passagem. O derramamento de lava seguia, por um lado pelo vale do riacho Vermelho, e por outro pelo vale do rio da Queda, vaporizando a água na sua passagem. O vulcão nem parecia o mesmo. A antiga cratera fora substituída por uma espécie de plano raso, em cujas arestas de sul e leste se abriam duas bocas enormes, de onde jorravam lavas incessantemente, formando duas correntes distintas. Por cima da nova cratera pairava uma nuvem de fumaça e cinzas, que se confundiam com os vapores do céu acumulados por sobre a ilha. De vez em quando ouvia-se o ribombar do trovão, que mal se distinguia do contínuo rugir da montanha. Da boca da cratera voavam rochas ígneas que, arremessadas a mais de 100 metros de altura, estilhaçavam-se no meio das nuvens, dispersando-se como tiros de metralhadora. O céu respondia com relâmpagos à erupção vulcânica.

Pelas sete da manhã os colonos não podiam mais se manter onde estavam, apesar de terem se refugiado no extremo da mata do Jacamar. Não só começara a cair em torno deles mil pedregulhos incandescentes, mas as lavas, transbordando do leito do riacho Vermelho, ameaçavam cortar-lhes a estrada do curral. A primeira fila de árvores começou a arder, e sua seiva, subitamente transformada em vapor, as fez estourar como fogos de artifício.

Os colonos dirigiram-se para o curral a passos lentos. Por causa da inclinação do solo, a torrente de lavas avançava rapidamente para leste, e novas camadas de lava fervente cobriam as inferiores, já frias e endurecidas.

Contudo, a principal correndo do vale do riacho Vermelho tornava-se cada vez mais temerosa. Esta parte da floresta estava em chamas, e enormes colunas de fumaça levantavam-se sobre o topo das árvores, cujas raízes já crepitavam na lava.

Os colonos pararam perto do lago, a meio quilômetro da foz do riacho Vermelho. Iam decidir uma questão de vida ou morte.

Smith, já acostumado a enfrentar situações difíceis, e sabendo que se dirigia a homens corajosos, disse:

– Ou o lago vai deter a lava, e uma parte da ilha ficará ao abrigo da devastação completa, ou as lavas irão atingir a floresta de Faroeste, e nem uma só árvore ou planta sobrará aqui. Só nós restará esperarmos a morte sobre estes rochedos escavados, porque a explosão da ilha não irá demorar.

– Então, de nada serviu o trabalho que tivemos com o navio! – exclamou Pencroff.

– Temos que cumprir nosso dever até o fim! – disse Smith.

Neste momento o rio de lavas, tendo aberto passagem através das árvores que devorava, chegou à beira do lago. O solo aí levantava-se um pouco, e se fosse um pouco mais elevado, poderia talvez bastar para deter as lavas.

– Mãos à obra! – gritou Cyrus.

Todos compreenderam a idéia do engenheiro: era preciso levantar um dique para conter a lava.

Os colonos correram até o estaleiro, e trouxeram pás, enxadas e picaretas, e por meio de aterros e árvores tombadas, conseguiram levantar um dique de alguns metros de altura.

183

Era já tempo. A torrente de lava chegou logo em seguida, engrossando como um rio que enche e vai transbordar, ameaçando ultrapassar o único obstáculo que a impedia de invadir toda a floresta de Faroeste... Mas o dique conteve-a, e depois de um minuto de terrível hesitação, precipitou-se no lago Grant.

Os colonos, ansiosos, imóveis e calados, observaram a luta entre estes dois elementos. Que espetáculo era o combate entre a água e o fogo! A água sibilava, evaporando ao contato das lavas ferventes. Os vapores projetados no ar formavam um turbilhão de altura incomensurável, semelhantes às válvulas subitamente abertas de uma caldeira enorme. Apesar de considerável, a massa de água contida no lago havia de acabar por ser absorvida, visto que não era renovada, enquanto a torrente de lava, alimentada por fonte inesgotável, arrastava sem cessar novas levas de matéria incandescente.

As primeiras lavas que caíram no lago solidificaram-se imediatamente, acumulando-se a ponto de emergir. Sobre a sua superfície resvalaram outras lavas que se petrificaram também avançando para o centro. Formou-se desta forma um leito que ameaçava encher o lago, o qual não podia trasbordar, porque o excesso das águas dissipava-se em vapores. Mil ruídos fendiam o ar com um estrondo que ensurdecia, e vapores espessos que eram arrastados pelo vento, tornavam a cair como chuva sobre o lago. O leito de lava ia crescendo, e os fragmentos solidificados amontoavam-se uns sobre outros. No lugar onde outrora estacionavam as águas tranqüilas, elevava-se agora um enorme acúmulo de rochas fumegantes, como se um levantamento do solo tivesse feito surgir ali milhares de escolhos.

Parecia que as águas tinham sido revolvidas por um furacão, e depois subitamente solidificadas por um frio de vinte graus, tal era o aspecto do lago três horas depois da irresistível torrente que irrompeu nele.

Agora a água devia ser vencida pelo fogo.

Que espetáculo era o combate entre a água e o fogo.

Entretanto sempre foi um feliz acaso para os colonos que os derramamentos de lava tivessem tomado a direção do lago Grant, porque assim tinham diante de si alguns dias de prazo. Ao menos, por um tempo, estavam livres de perigo o platô da Vista Grande, o Palácio de Granito e o estaleiro. Aqueles poucos dias seriam utilizados para calafetar bem o casco do navio. Feio isto, os colonos podiam lançar o navio ao mar e refugiar-se ali, mesmo que ele ainda não pudesse navegar.

Com a eminente extinção da ilha, não havia tempo a perder. Nos próximos seis dias, os colonos trabalharam como se fossem vinte homens. Descansavam só o necessário, trabalhando noite e dia à luz das labaredas do vulcão.O derramamento vulcânico era incessante, mas um pouco menos abundante. Isto era uma sorte, porque o lago Grant estava cheio, a ponto de, se novas lavas viessem correr por cima das antigas, de certo teriam derramado até chegarem ao platô do Palácio de Granito, e dali para a praia.

Porém, se por aquele lado a ilha estava em parte protegida, o mesmo não acontecia com a parte ocidental dela.

Efetivamente, a segunda torrente de lavas, que seguira pelo vale do rio da Queda, não encontrara obstáculo. O líquido incandescente tinha-se derramado através das florestas do Faroeste. Naquela época do ano, como o arvoredo estava seco em virtude do calor que fizera, a floresta incendiou-se imediatamente, e o incêndio propagou-se pelos troncos e galhadas.

Aconteceu então o inevitável: os animais refugiaram-se para o lado do Mercy e do pântano dos Patos, para além da estrada de porto Balão. Os colonos, porém, estavam muito ocupados para darem atenção a estes animais.

Os colonos tinham abandonado o Palácio de Granito, e não buscaram abrigo nem mesmo nas Chaminés, acampando sob uma barraca, nas vizinhanças da foz do Mercy.

Todos os dias, Smith e Spilett subiam ao platô da Vista Grande. Harbert, algumas vezes os acompanhava. Pencroff, este nunca mais quis ver ilha sob o impacto desta profunda devastação.

186

E o espetáculo era mesmo desolador. Toda a parte arborizada da ilha desaparecera. Só no extremo da península Serpentina verdejava ainda uma pequena faixa de arvoredo. Aqui e ali destacava-se um ou outro tronco enegrecido e retorcido. O lugar onde antes haviam as florestas exuberantes, agora parecia mais árido que o grande pântano dos Patos. Pelos vales do rio das Quedas e do Mercy já não corria mais nem uma gota de água. Se o lago Grant secasse de todo, os colonos ficariam sem ter como matar a sede. Por sorte a ponta sul do lago fora poupada, e formava uma espécie de lagoa, que continha toda a água potável que restava na ilha. Para o lado nordeste, os contrafortes do vulcão destacavam-se no horizonte em arestas rudes e vivas, que pareciam uma enorme garra cravada no chão. Que doloroso espetáculo, que tristeza para aqueles colonos, que viam a tão amada ilha devastada. Se não fosse pelas reservas acumuladas antes, eles nem teriam meios de sobreviver.

– Este espetáculo me parte o coração! – disse Spilett.

– Tem razão... – respondeu o engenheiro. – Deus nos permita concluir o navio, que agora é nosso único refúgio!

– Não acha que o vulcão parece estar se acalmando, Cyrus? Ainda vomita lava, mas menos, menos...

– Isso não importa – respondeu Cyrus, – porque o fogo continua ardendo nas entranhas da terra, onde de um instante para outro pode entrar água. Nossa situação é grave! Vamos, não temos um minuto a perder!

Pelo espaço de oito dias ainda, isto é, até 7 de fevereiro, as lavas continuaram a correr, sem que a erupção contudo saísse dos limites já indicados. O maior receio de Smith era que as lavas alcançassem a praia, atingindo o estaleiro.

No dia 20 de fevereiro, os colonos sentiram um fortíssimo tremor de terra. Faltava ainda um mês para que o navio fosse lançado ao mar. A ilha agüentaria até lá? Pencroff e Cyrus tencionavam lançar o navio na água logo que estivesse impermeável. Convés, proa e ré, divisão, arranjo interno e aparelho, tudo

187

podia ficar para depois: o que importava agora era assegurar aos colonos um refúgio seguro fora da ilha. Talvez conviesse levar o navio para porto Balão, isto é, para o mais distante possível do centro eruptivo, porque nas águas da foz do Mercy, entre o ilhéu e a muralha de granito, corria o risco do barco ficar esmagado, caso houvesse um tremor de terra. Todos os esforços então, voltaram-se para o acabamento do casco.

Assim chegaram até 3 de março, e pelos cálculos que fizeram o navio poderia ser lançado ao mar dali a uns dez dias.

Os colonos, duramente provados pelo infortúnio, tentavam manter as esperanças, concentradas agora no término do navio. Até o próprio Pencroff pareceu sair um pouco da sombria taciturnidade em que estava mergulhado, desde que começara a devastação dos seus domínios.

– Vamos terminá-lo – dizia ele ao engenheiro. – Vamos terminá-lo, senhor Cyrus, e já não é sem tempo! Em caso de necessidade desembarcaremos na ilha Tabor, e passaremos lá o inverno! Mas o que é a ilha Tabor para quem possuiu a ilha Lincoln! Que desgraça a minha! Quem diria que iríamos passar por isso!

– Vamos trabalhar! – respondia invariavelmente Smith.

– Senhor Cyrus – perguntou Nab, daí há uns dias, – o senhor pensa que se o capitão Nemo ainda fosse vivo, tudo isto teria acontecido?

– Penso que sim, Nab – respondeu Smith.

– Pois eu acho que não! – disse Pencroff.

– Nem eu também! – respondeu Nab, muito sério.

Durante a primeira semana de março, o monte Franklin voltou a ficar ameaçador. Em todo o chão da ilha caía como uma espécie de chuva de milhares de fios de vidro, feitos de lavas fluidas. A cratera tornou a se encher de lavas, que se derramara por todas as encostas do vulcão. A torrente correu pela superfície dos tufos endurecidos, e acabou com os esqueletos das árvores que tinham logrado resistir à primeira erupção. Daquela vez o caudal de lavas seguiu pela margem sudoeste do lago Grant, passou além do riacho Glicerina e invadiu o platô da Vista Grande. A destruição final desta parte da obra dos colonos foi terrível. Moinho, granja, estrebarias, tudo desapareceu. As aves fugiram em todas as direções, apavoradas. Top e Jup davam sinais de terror, já que o instinto os advertia que a catástrofe estava próxima. Grande parte dos animais da ilha perecera durante a primeira erupção. Os que sobreviveram não tinham encontrado outro refúgio senão o pântano dos Patos, e alguns poucos que se abrigaram no platô da Vista Grande; mas este último abrigo também lhes foi fechado, o caudal de lavas, ultrapassando a aresta da muralha de granito, começou a arrojar até a praia as suas cataratas de fogo. O sublime horror de tal espetáculo furta-se a toda a descrição. De noite parecia um Niagara de fogo líquido, com os seus vapores incandescentes em cima, em baixo com as suas massas em chamas.

Os colonos ficaram entrincheirados na praia, e apesar do barco ainda não estar calafetado por completo, resolveram lançá-lo logo ao mar.

Pencroff e Ayrton trataram dos preparativos da operação, que devia realizar-se no dia seguinte, na manhã do dia 9 de março.

Durante a noite de 8 para 9 de março, porém, uma enorme coluna de vapores, que saiu da cratera, subiu em meio de temerosas detonações, a mais de 1000 metros de altura. Era óbvio que a parede da caverna Dakkar cedera à pressão dos gases, e a água do mar, precipitando-se pela chaminé central, vaporizou-se de súbito. A cratera, porém, não pôde dar saída bastante à enorme massa de vapores, e a atmosfera toda foi sacudida por uma explosão de fragmentos da montanha, e dentro de poucos minutos, o oceano cobriu o local onde tinha existido a ilha Lincoln.

20
CONCLUSÃO

O único ponto da ilha que não fora invadido pelas águas do Pacífico era um rochedo isolado, de 3 metros de comprimento por 5 de largura, emergindo apenas alguns metros acima da água.

Era tudo o que restava do que havia sido o Palácio de Granito! A muralha tinha caído e despedaçara-se. Algumas das rochas do salão tinham-se acumulado para formar aquele ponto culminante, em torno do qual tudo desaparecera. De tudo o que fora a ilha Lincoln, restava agora o acanhado rochedo que servia então de refúgio aos seis colonos e ao seu cão Top.

Todos os animais tinha perecido na catástrofe, esmagados ou afogados, e para grande tristeza dos colonos, até mestre Jup tinha encontrado a morte nalguma fenda do terreno gretado!

Os colonos deviam suas vidas ao fato de estarem juntos na barraca, e terem sido lançados ao mar no momento em que os fragmentos da ilha caíam como chuva por todos os lados.

Quando subiram à superfície, nada mais viram além do rochedo, no qual se ajuntaram.

E há nove dias viviam ali! As poucas provisões que tinham tirado do Palácio de Granito antes da catástrofe, e uma pouca água doce que a chuva deixara empoçada num côncavo da rocha, era tudo quanto os infelizes possuíam. A última esperança deles, o navio incompleto, que tanto trabalho lhes tinha custado, fora esmigalhado. Os colonos não tinham como sair dali. Não tinham fogo, nem como obtê-lo. Estavam esperando a morte!

No dia 18 de março, restava alimento para dois dias apenas, apesar de terem gasto só o estritamente necessário. Não havia ciência ou inteligência que valesse. Só Deus os podia socorrer. Smith estava tranqüilo. Spilett um pouco nervoso, e Pencroff, dominado por uma cólera abafada, passeavam de um lado para outro do rochedo. Harbert não saía de perto do engenheiro, e o olhava como quem implora um socorro que Cyrus não podia lhe prestar. Nab e Ayrton pareciam resignados com os desígnios da sorte.

– Oh! Que desgraça! Que desgraça! – repetia Pencroff. – Se ao menos tivéssemos uma casca de noz que fosse, para nos levar até a ilha Tabor! Mas nada, nada!

– Bem fez o capitão Nemo em morrer! – disse Nab.

Durante os cinco dias que se seguiram, Smith e os companheiros viveram com a maior parcimônia, comendo apenas o que era estritamente necessário para não morrer de fome. Estavam num estado extremo de fraqueza. Harbert e Nab começavam já a delirar.

Em tal situação, que sombra de esperança podiam ter estes homens? Nenhuma! Qual era a probabilidade de salvação? Que um navio passasse casualmente? Mas sabiam por experiência que os navios raríssimas vezes visitavam esta parte do Pacífico! Podia se esperar que, por uma coincidência verdadeiramente providencial, o iate escocês viesse justamente nessa época procurar Ayrton na ilha Tabor? Era pouco provável; e demais, admitindo mesmo que viesse, como os colonos não tinham podido deixar sinal algum sobre a mudança de situação de Ayrton, o comandante do iate, depois de explorada a ilha sem resultado, havia de dirigir-se para as latitudes mais baixas.

Não. Eles não podiam conservar uma única esperança de salvação. Uma horrível morte, a morte pela fome e sede, era o que os esperava sobre aquele rochedo nu!

Há este tempo eles já estavam estirados quase sem vida naquela terra, sem consciência do que os cercava. Somente

Ayrton, por um supremo esforço, levantava ainda a cabeça, lançando um olhar de desespero sobre o mar deserto!...

De repente, na manhã de 24 de março, os braços de Ayrton estenderam-se para um ponto do espaço; depois ergueu-se pouco a pouco, primeiro os joelhos, depois o corpo inteiro, parecendo levantar a mão como para fazer um sinal...

À vista da ilha estava um navio! E dirigia-se para o recife em linha reta, com toda a força do vapor. Os infelizes teriam percebido isso há muitas horas, se tivessem tido forças para observar o horizonte!

– O *Duncan*! – murmurou Ayrton, caindo inerte.

ೞೞೞ

Quando Smith e os companheiros voltaram a si, graças aos cuidados que lhes foram ministrados, acharam-se na câmara de um navio sem que pudessem compreender como tinham escapado da morte.

Uma palavra de Ayrton bastou para lhes explicar a situação:

– O *Duncan*! murmurou ele.

– O *Duncan*! respondeu Cyrus Smith, e levantando os braços para o céu, exclamou: – Deus todo poderoso! Permitiu que fôssemos salvos

Era mesmo o *Duncan*, o iate de lorde Glenarvan, comandado pelo filho do capitão Grant, Robert, o qual fora mandado à ilha Tabor para trazer Ayrton à pátria após doze anos de expiação!

Os colonos estavam salvos, e já estavam a caminho de casa!

– Capitão Robert – perguntou Cyrus Smith, – pode me dizer como nos encontrou, sendo que estávamos tão longe da ilha Tabor? E mais ainda porque Ayrton não se encontrava lá!

– Mas foi para encontrar o senhor e seus companheiros, além de Ayrton, que me dirigi para cá!

– A mim e aos meus companheiros?

– Decerto! Na ilha Lincoln!

– Na ilha Lincoln! – exclamaram ao mesmo tempo Spilett, Harbert, Nab e Pencroff, extremamente admirados.

– Como conhecia a ilha Lincoln – perguntou Smith, – se esta ilha nem mesmo está marcada nos mapas?

– Tomei conhecimento dela pela nota que deixaram na ilha Tabor – respondeu Grant.

– Que nota?

– Esta aqui – tornou Robert, apresentando uma nota que indicava a longitude e latitude da ilha Lincoln, "residência atual de Ayrton e de cinco americanos".

– O capitão Nemo! – disse Smith, depois de ter lido a nota e reconhecido a letra.

– Oh! – disse Pencroff. – Então foi ele quem pegou o nosso *Bonadventure*! Ele foi sozinho até a ilha Tabor!...

– Para deixar lá este bilhete! – completou Harbert.

– Pois eu não tinha razão ao dizer que, mesmo morto, o capitão ainda iria nos ajudar? – exclamou Pencroff.

– Meus amigos – disse Smith, com voz profundamente comovida, – que Deus misericordioso acolha a alma do capitão Nemo, nosso salvador!

E todos os colonos oraram juntos. Pouco depois Ayrton aproximou-se do engenheiro, dizendo simplesmente:

– Onde coloco este cofre?

Era o cofre que ele salvara, arriscando sua vida, no momento em que a ilha submergia, e que agora ele vinha fielmente restituir ao engenheiro.

– Ayrton! Ayrton! – exclamou Smith. E então, voltando-se para Grant, disse: – Senhor, onde deixou um culpado, encontrou um homem que a expiação fez honrado, e ao qual estendo minha mão com orgulho!

Grant então foi posto a par da história extraordinária do capitão Nemo e dos colonos da ilha Lincoln. Depois, feito o levantamento do que restava deste amontoado de recifes que

193

daí em diante devia figurar nas costas do Pacífico, deu ordem para partirem para a América.

Quinze dias depois os colonos desembarcavam na pátria, encontrando-a em paz, depois daquela terrível guerra que produziu o triunfo da justiça sobre o direito!

A maior parte das riquezas contidas no cofre legado pelo capitão Nemo aos colonos da ilha Lincoln foi empregado na aquisição de um domínio no estado de Iowa. Uma só pérola, a mais bela, foi enviada a lady Glenarvan, em nome dos náufragos que o *Duncan* tinha trazido à pátria.

Na propriedade comprada, fundaram uma vasta colônia, à qual deram o nome da ilha que havia desaparecido nas profundezas do Pacífico. Havia aí um rio que foi chamado Mercy, uma montanha que se chamou Franklin, um pequeno lago que se transformou em lago Grant, e florestas que chamaram de Faroeste. Era uma ilha em terra firme.

Tudo prosperou ali sob a direção inteligente do engenheiro e dos seus companheiros. Nab sempre fiel, Ayrton pronto a toda a hora para se sacrificar, Pencroff melhor rendeiro do que havia sido marinheiro, Harbert, que acabava os seus estudos sob a direção de Cyrus Smith, e até Spilett, que fundou o *New Lincoln Herald,* que se tornou um dos jornais mais respeitados do país.

Cyrus Smith e os seus companheiros receberam muitas vezes a visita de lorde e lady Glenarvan, do capitão John Mangles e sua mulher, irmã de Robert Grant, do próprio Robert Grant, do major Mac Nabs, de todos enfim que tinham tomado parte na dupla história do capitão Grant e do capitão Nemo.

Enfim, todos ali foram felizes, unidos no presente como o haviam sido no passado; mas nunca puderam esquecer a ilha a que chegaram pobres e nus, aquela ilha que, durante quatro anos, havia satisfeito as suas necessidades, e da qual restava apenas um fragmento de granito batido pelas vagas do Pacífico, túmulo daquele que havia sido o capitão Nemo.

Este livro *O Segredo da Ilha* — *A Ilha Misteriosa III* é o volume n° 5 da coleção *Viagens Extraordinárias* — *Obras Completas de Júlio Verne*. Impresso na Editora Gráfica Líthera Maciel Ltda, à Rua Simão Antônio, 1.070 — Contagem, para a Villa Rica Editoras Reunidas Ltda, à Rua São Geraldo, 53 — Belo Horizonte. No Catálogo Geral leva o número 06068/8B. ISBN: 85-7344-521-1